SV

Juan Pérez Jolote

Tzotzil

Der Lebensbericht eines
mexikanischen Indios
Aufgezeichnet von Ricardo Pozas
Aus dem mexikanischen Spanisch von
Silvia und Hans Leopold Davi

Suhrkamp

Die Originalausgabe erschien unter dem Titel
Ricardo Pozas, *Juan Pérez Jolote. Biografía de un tzotzil*

Erste Auflage 1995

Umschlagentwurf: Elisabeth Hau
Satz und Druck: Friedrich Pustet, Regensburg
Printed in Germany

ISBN 3-518-40692-2

Tzotzil

Das Land meiner Vorfahren liegt im Bezirk von Cuchulumtic in der Nähe des Gran Pueblo*. Das Haus, in dem ich geboren wurde, hat sich nicht verändert. Als mein Vater starb und wir alles aufteilten, was er seinen Kindern hinterlassen hatte, rissen wir das Haus nieder, um meinen Brüdern die Balken der Decke und der Wände zu geben, die ihnen zukamen. Ich aber baute es am selben Ort wieder auf, mit frischem Stroh auf dem Dach und mit Schlamm, der die Wände abdichtet. Den Schafstall verlegte ich in den Garten, um den Boden zu düngen. Das Dampfbad meiner Mutter, gleich neben dem Haus, das sie benützte, als ich auf die Welt kam, habe ich ausgebessert, aber es ist noch dasselbe. Nichts hat sich verändert, alles ist so geblieben, wie ich es sah, als ich ein Kind war. Wenn ich einmal sterbe und meine Seele zurückkommt, wird sie die gleichen Wege vorfinden, auf denen ich

* Die mit einem Sternchen versehenen Wörter werden am Ende des Buches erklärt.

zu Lebzeiten gegangen bin, und sie wird mein Haus wiedererkennen.

Ich weiß nicht, wann ich geboren wurde. Meine Eltern wußten es nicht und konnten es mir nicht sagen. Ich heiße Juan Pérez Jolote; Juan, weil mich meine Mutter am Tage des Schutzpatrons unseres Dorfes – an Johanni – zur Welt brachte; ich bin Pérez Jolote*, weil man meinen Vater so nannte. Ich weiß nicht, wie unsere Vorfahren es fertigbrachten, den Leuten Tiernamen zu geben.

Als ich noch klein war, nahm mich mein Vater mit aufs Feld, um die Erde für die Saat vorzubereiten; und wenn Vater und Mutter zusammen auf dem Maisfeld arbeiteten, stellten sie mich in ihre Mitte. Ich war noch so zart, daß ich die Hacke kaum heben konnte; die Erde war so hart und trocken, daß ich die Ackerschollen nicht zu spalten vermochte und sich meine Schienbeine krümmten. Das machte meinen Vater zornig, und er schlug mich mit dem Stiel der Hacke und sagte: »Du Bock, wann wirst du lernen zu arbeiten!« Dann und wann verteidigte mich meine Mutter, aber auch sie schlug er. Immer fand er eine Gelegenheit, mich zu schlagen. Wenn er einen Palmhut machte und ich den Pitahanf für den Saum drehte und der Hanf dabei riß, zerrte er mich an den Ohren und sagte: »Du Bock, womit wirst du einmal deine Suppe bezahlen, wenn du nicht zu arbeiten lernst wie ich!«

Meistens nahm er mich mit ins Gebirge, um Brennholz zu holen, und jedesmal, wenn ich mitging, schlug er mich, vielleicht weil ich es nicht fertigbrachte, die

Zweige mit dem Buschmesser zu schneiden. Immer und immer wieder schlug er mich, bis ich daran dachte, wegzugehen.

Eines Sonntags, als die Leute, die von San Andrés* zurückkehrten, vorbeikamen, näherte ich mich hinter dem Dorfplatz einer zinakantekischen Frau* und sagte weinend zu ihr: »Bitte, Señora, nimm mich mit in dein Haus, mein Vater schlägt mich immer, hier habe ich eine Wunde, und da am Kopf blutet's noch, er hat mich mit dem Schaft seines Gewehrs geschlagen.«

»Meinetwegen«, sagte die Frau, »komm mit.« Und sie brachte mich in ihr Haus in Nachij*, wo sie mit ihren Söhnen lebte.

Nicht gerade in der Nähe dieses Hauses, in einem andern Bezirk, wohnte eine Witwe, die fünfzig Schafe besaß. Als sie erfuhr, daß ich hier war, suchte sie mich auf und sagte zur Frau, die mich hergebracht hatte: »Warum gibst du diesen Jungen nicht mir? Er hat keinen Vater, er hat keine Mutter – ich habe meine Schafe und niemand, der sie mir hütet.«

Darauf fragte mich die Frau, die mich hergebracht hatte: »Möchtest du noch weiter weggehen von hier, wo dich dein Papa nicht mehr finden kann?«

»Ja«, sagte ich zu ihr und ging mit der Frau, die Schafe besaß, ohne zu wissen, wohin sie mich führte.

Unterwegs fragte sie mich, ob ich Waise sei.

»Nein«, sagte ich, »ich habe Vater und Mutter, aber er schlägt mich so sehr.«

»Ich werde dich nicht schlagen«, sagte sie, »ich will nur, daß du meine Schafe hütest.«

So ging ich auf dem ganzen Weg hinter ihr her, bis wir ihr Haus erreichten. Ich war schon mit Schafen im Gebirge gewesen, konnte sie hüten und zur Tränke führen – aber im Land der Zinakanteken kannte ich mich nicht aus und wußte nicht, wo die Weiden und das Wasser zu finden waren.

So empfahl mich die Schafbesitzerin anderntags Leuten, die auch Herden besaßen, damit sie mir die Weideplätze zeigten.

Ich weiß nicht mehr, wie viele Monate ich bei jener Frau verbracht habe; aber es war eine kurze Zeit, weil andere Zinakanteken nach mir fragten: ein Mann und eine Frau, die wollten, daß ich einige Obstbäume hüte. Sie gaben der Witwe eine Flasche Branntwein, und da ließ sie mich ziehen.

Meine neue Arbeit bestand darin, die Vögel zu verscheuchen, die die Granatäpfel und Bananen fraßen. Meine Beschützer hatten zwei Söhne. Sie waren sehr arm; um leben zu können, zapften sie Terpentin von den Kiefern und brachten es zum Verkauf nach Chapilla*. Die Alten kauften mir ein Paar Sandalen. Die beiden Söhne waren etwas älter als ich und nahmen mich jeden Tag zur Arbeit mit ins Gebirge. Einmal luden sie mir eine schwere Blechbüchse auf. Als ich gehen wollte, fiel sie herunter, und das Terpentin floß aus. Die beiden Brüder wurden wütend und suchten zornig nach einer Rute, um mich auszupeitschen; ich wollte weglaufen, doch die Sandalen hinderten mich daran.

Daheim erzählte ich meinem Herrn und meiner Herrin, daß mich ihre Söhne geschlagen hatten.

»Warum habt ihr Juanito geschlagen?« fragte der Vater.

»Weil er mit den neuen Sandalen ausglitt und das Terpentin fallen ließ.«

»Warum hast du die Büchse nicht selbst getragen? Siehst du nicht, daß er zu schwach ist und sie noch nicht tragen kann?« – »Wir haben sie ihm aufgeladen, damit er lernt zu arbeiten.«

»Übrigens haben wir ihn gar nicht geschlagen«, sagte der andere Bruder.

Ich zeigte den Alten die Spuren der Schläge, und sie sagten: »Du wirst sie nicht mehr begleiten, damit sie dich nicht schlagen«, und ich blieb zu Hause, um Wasser zu holen und die Vögel von den Obstbäumen zu verscheuchen.

Diese Familie hatte nicht gelernt, Mais anzupflanzen, und im Haus gab es auch keinen. Ich kann nicht verstehen, wie eine Familie ohne Mais leben kann, und ich wußte nicht, wie sie es anstellen würden, welchen zu bekommen.

Eines Tages nahmen sie mich mit nach Tierra caliente*, um Mais zu holen. Hier arbeiteten die Zinakanteken in ihren Maisfeldern. Wir trafen einen Mann, der haufenweise Maiskolben hatte. Wir alle halfen dem Maismann bei der Arbeit; einige körnten aus, indem sie die Maiskolben in ein Netz legten und mit einem Stock heftig zuschlugen, die anderen sammelten die Körner ein und legten sie in einen Sack. Der Besitzer ließ mich arbeiten, als ob er mein Herr sei, und ich verbrachte den ganzen Tag damit, Bohnen einzusammeln, die noch auf dem

Feld lagen. Als ich damit fertig war, öffnete ich mit einem Buschmesser Kürbisse und nahm die Kerne heraus.
Wir arbeiteten drei Tage lang, dann kehrten die Alten mit ihren Söhnen heim; und mich ließen sie zurück als Zahlung für den Mais, den sie mitgenommen hatten.
Nach einer Woche erschienen sie wieder. Ich wollte mit ihnen nach Tierra fría* zurück und hoffte, sie würden mich mitnehmen, aber sie kehrten ohne mich heim. Ich blieb beim Maisbesitzer und entkernte Kürbisse.
Nach einer Woche kamen sie wieder und holten eine neue Ladung Mais. Ich dachte, sie ließen mich wieder als Zahlung zurück für die Sachen, die sie mitnahmen, aber es kam anders: Sie luden mir einen Korb voll Schnecken auf, und ich kehrte mit ihnen heim. Ich fühlte mich besser in Tierra fría. In Tierra caliente lassen einen die Insekten und Mücken nicht schlafen.
Und wieder brachten sie mich nach Tierra caliente. Diesmal blieben die Alten zu Hause: ich ging allein mit den beiden Brüdern. Wir trafen den Maishändler und sie verkauften mich für 100 Kilo Mais. Diesen luden sie auf die vier Lasttiere, die wir mitgebracht hatten. Dann sagten sie zu mir:
»Bleib hier, wir werden dich in einer Woche abholen!«
Aber sie kamen nicht wieder.
Jeden Tag kam ein Ladino*, der auf einem Landgut in der Nähe von Acala* lebte. Ihm gehörte das Land, und der Zinakanteke bezahlte dafür, daß er dort Mais anbauen durfte.
Eines Tages, nachdem der Ladino mit dem Zinakante-

ken gesprochen hatte, sagte mir der Maishändler: »Hör zu, Juanito, jetzt bleibst du für immer hier. Du hast die vier Lasttiere gesehen, die 100 Kilo Mais mitgenommen haben. Es ist die Zahlung, die ich für dich geleistet habe. Du wirst dafür arbeiten, aber nicht bei mir. Du hast diesen Ladino gesehen, der jeden Tag kommt. Ihm wirst du den Mais bezahlen, den deine Leute mitgenommen haben. Heute ist der Ladino gekommen, um mir zu sagen, daß er dich morgen mitnimmt, weil er keinen Sohn hat und ganz allein mit seiner Frau lebt.«

Die Alten erfuhren nicht, daß mich ihre Söhne verkauft hatten, vielleicht waren es aber auch sie, die mich verkaufen wollten. Ich weinte, weil ich fort mußte. Die Alten hatten mich nie geschlagen und nie angebrüllt. Ich wollte zurückkehren und weiter bei ihnen leben. Vielleicht liebten sie mich, aber sie waren arm und hatten keinen Mais, besaßen kein Land und konnten ihn nicht anpflanzen. Ich weinte sehr, weil ich nicht zurückkehren durfte. Wie sollte ich zurückkehren, da ich verkauft worden war, damit sie zu essen hatten!

Der Herr, der mich gekauft hatte, hieß Locadio. Am nächsten Tag, in der Frühe, hörte ich sein Pferd wiehern; er sprach mit dem Maishändler. Er war gekommen, um mich abzuholen. Er ließ mich hinten aufsitzen und ritt mit mir zu seinem Haus.

Dort angekommen, vertraute er mich seiner Frau an und sagte: »Schau, Töchterchen, hier bringe ich dir diesen Jungen, der Juan heißt, damit er uns während des Tages dient; er wird das Wasser zum Abwaschbecken tragen und den Schweinen zu fressen geben. Gib ihm ein altes Buschmesser, damit er die Kürbisse öffnen kann.«

Don Locadio hatte einen Stall mit Kühen und brachte mich schon am ersten Tag dorthin. Er machte Feuer, setzte Kaffee auf und gab mir Milchkaffee. Jeden Tag brachte er mich zum Stall, und stets tranken wir frische Milch. Wenn ich mit ihm vom Stall zurückkehrte, schnitt ich Kürbisse in Stücke, entfernte die Kerne und warf dann die Stücke den Schweinen zum Fraß vor.

Als ich bei Locadio war, erfuhren die Behörden jedoch, daß er einen Waisen bei sich habe, und ließen ihn wissen, daß die Regierung mich abholen werde, um mich in eine Anstalt zu stecken. Eines Morgens, als ich schon vom Stall zurück war, kamen zwei Polizisten.

»Hören Sie, Señor«, sagten sie zu dem Besitzer des Landgutes, »wir kommen im Auftrag des Bürgermeisters von Acalá, weil Sie hier einen Jungen haben, der Waise ist.«

»Ja, hier ist er.«

»Gut. Führen Sie ihn ins Gemeindehaus zum Bürgermeister.« Sie nahmen mich mit und übergaben mich dem Bürgermeister. Don Locadio fragten sie, wo er mich gefunden habe.

»Er war bei einem Zinakanteken«, sagte Don Locadio, »dort arbeitete er, und weil ich keinen Sohn habe, der meine Tiere hütet, bewarb ich mich um ihn. Dieser Junge ist gegen 100 Kilo Mais eingetauscht worden.«

»Gut«, sagte der Bürgermeister. »Wie lange hast du ihn bei dir gehabt?« Don Locadio sagte es ihm, und sie kamen überein, daß ich die 100 Kilo Mais vergolten habe.

»Und du«, fragte mich der Präsident, »woher kommst du?«

»Ich bin aus Chamula.«

»Und dein Vater, lebt er?«

»Ja, er lebt.«

»Und deine Mutter, lebt sie?«

»Sie lebt auch.«

»Also, warum bist du dann bei diesem Señor?«

»Ich bin von zu Hause geflohen, weil mich mein Vater zu oft schlug.«

»Nanu«, sagte der Bürgermeister, »dann leben dein Vater und deine Mutter? Du bist also kein Waise?«

»Nein, Señor.«

»Der Gouverneur sagte, daß du Waise seist, und gab mir Befehl, dich in die Schule zu schicken. Aber da wir jetzt wissen, daß dein Vater und deine Mutter leben, wird dich die Regierung nicht aufnehmen, sondern du wirst nach Hause gehen.«

Sie telefonierten mit San Cristóbal und von dort nach Chamula, um sich nach den Verantwortlichen des Dorfes und bei diesen nach meinem Vater zu erkundigen.

»Wie heißt dein Vater?« fragte mich der Bürgermeister.

»Sebastían Pérez Jolote.«

Mein Vater wurde gefunden und zum Gemeindehaus von Chamula gebracht. Dort sagten sie ihm: »Es kam ein Anruf, Sie hätten einen Sohn, der geflohen sei und jetzt in Acalá ist. Im Namen der Regierung, machen Sie sich auf, ihn zu holen.«

Am nächsten Tag brach er auf, um mich abzuholen.

In Acalá gab es schon Mangofrüchte. Bevor mein Vater eintraf, sagte ich dem Bürgermeister: »Ich möchte nicht mit meinem Vater heimkehren. Er könnte mich unterwegs umbringen.« Als mein Vater eintraf, sagte der Bürgermeister: »Juan sagt, daß er nicht mit dir kommen will, denn du könntest ihn unterwegs umbringen; er kommt nur, wenn seine Mutter ihn abholt.«

Mein Vater kehrte mit einer Schachtel Mangofrüchten nach Chamula zurück, und ich blieb beim Bürgermeister und wartete auf meinen Vater und meine Mutter.

Eine Woche später kam er mit meiner Tante wieder; aber ich ließ mich nicht umstimmen. Mein Vater sagte:

»Deine Mutter ist nicht gekommen, aber deine Tante ist hier, damit du mitkommst.«

Ich sagte ihnen, daß ich nicht mit ihnen gehen wollte und in Acalá bleiben würde. Sie kehrten ohne mich ins Dorf zurück, aber mit Mango-Schachteln, die man ihnen als Reiseproviant mitgab.

Nach vierzehn Tagen kam mein Vater wieder. Diesmal kehrte ich mit ihm zurück, weil er mir gesagt hatte:

»Ich schlage dich nicht mehr ... Komm, wir gehen nach Hause, denn deine Mutter weint deinetwegen.«

Wir kamen zu Hause an: »Bist du nun endlich da, mein Sohn?« sagte meine Mutter. »Ich hatte geglaubt, dein Vater hätte dich umgebracht.«

»Nein«, antwortete ich ihr, »du weißt, er schlägt mich, aber diesmal hat er nicht mehr angefangen.«
Sieben Monate war ich von zu Hause weg gewesen. Nach acht Tagen schlug mich mein Vater wieder mit der Peitsche, mit Tragriemen und Stöcken und beteuerte, wie viel er durchgemacht habe, um mich zu finden.
Ein Onkel nahm mich in Schutz und sagte zu meinem Vater: »Schlag doch deinen Sohn nicht so hart.« Mein Vater gab zur Antwort: »Was geht Sie das an! Er ist mein Sohn, und ich kann ihn umbringen, wenn ich will!«
Eines Tages borgte sich mein Vater bei einem Werber, der Leute für die Arbeit in den Plantagen anheuerte, zwölf Pesos. Am Tag des Aufbruchs fanden sie ihn nicht, weil er dabei war, sich zu betrinken. So nahmen sie mich mit, um sich für das geliehene Geld schadlos zu halten. Mein Onkel Marcos kam mit mir. Wir waren vier Tage unterwegs.
Auf der Farm gab es Kakao- und Kautschuk-Plantagen. Ich arbeitete jedoch nicht wie die anderen und brachte einem Aufseher nur Wasser von einem kleinen Brunnen. Die Männer wurden für einen Monat eingestellt und bekamen dafür zwölf Pesos. Nach einem Monat kam ein anderer Trupp, um sie zu ersetzen. Mein Onkel und ich kehrten wieder zurück.
Ich war dort auf der Plantage zufrieden, weil mich niemand schlug oder quälte, der Aufseher mochte mich sehr gern.
Als ich zurückkam, fragte mich mein Vater:
»Hast du meine Schuld bezahlt? Bist du nichts schuldig

geblieben?« Die gleichen Fragen stellte er meinem Onkel, und dieser sagte ihm, daß ich alles beglichen hätte, und er fügte hinzu: »Schau, Brüderchen, schlag deinen Sohn nicht mehr. Du hast ihm von diesen zwölf Pesos nichts gegeben, nicht einmal Sandalen für den Weg hast du ihm gekauft.«

»Aber er gehorcht mir nicht ... «, sagte mein Vater. Einige Tage später schlug er mich bereits wieder. Nur wenn er bei Verstand war, schlug er mich, wenn er einen Rausch hatte, ließ er mich in Ruhe.

Seit meiner Rückkehr ging ich täglich mit meiner Mutter Brennholz holen. Einmal gingen wir zu dritt – mein Vater, meine Mutter und ich. Wir hatten einen Maulesel bei uns, der recht störrisch war und sich nicht beladen ließ. Ich hielt das Tier an der Leine, doch meine Mutter vermochte das Brennholz, das sie dem Tier aufladen wollte, nicht richtig zu halten, und es entglitt ihr. Da nahm mein Vater ein Holzstück und schlug auf uns ein. Meine Mutter traf er am Kopf, daß sie blutete. Erneut versuchte sie, das Tier zu beladen, und nachdem auch dieses Schläge bekommen hatte, gelang es ihr. Wir kehrten zurück, aber ich verließ sie unterwegs und zog nach San Cristóbal. Ich kannte den Weg, weil mich Vater und Mutter oft mitgenommen hatten, mit Kräutern beladen, die wir in San Cristóbal verkauften.

In San Cristóbal stieß ich auf einen Mann, der Leute suchte für die Plantagen von Soconusco. Ich fragte ihn, ob er mich mitnehmen wolle, obwohl ich geflüchtet war, weil mich mein Vater geschlagen hatte. Er sagte, mit Vergnügen, sprach mit dem Werber und fragte mich dann, wieviel Geld ich brauche. Ich sagte, was er mir geben könne, es müsse nicht viel sein. Und ich bekam zwölf Pesos. Weil damals alles billig war, kaufte ich dafür Brot, eine Flasche Branntwein, ein Stück Rohzucker und ein paar Pfirsiche.

Meine Eltern besaßen zwei Häuser. Damit sie mich nicht entdeckten, brachte ich alles in das unbewohnte Haus und sagte einem meiner Onkel, er solle meiner Mutter ausrichten, daß sie im anderen Haus alles abholen könne, was ich für sie gekauft habe: aber ohne Vater etwas davon zu sagen.

Aus einer Truhe, in der meine Mutter die Ponchos aufbewahrte, nahm ich einen und ließ sieben Pesos dafür zurück. Mir blieben noch drei Pesos für die Reise, damit brach ich zur Plantage auf. – Später erfuhr ich, daß meine Mutter das andere Haus aufgesucht hatte, um nach den Tieren zu schauen. Ich hatte die Flasche Branntwein zusammen mit dem Brot, den Pfirsichen und dem Rohzucker in einem Körbchen auf einem kleinen Tisch zurückgelassen. In der Nacht kam eine Katze, fraß das Brot auf und warf die Branntweinflasche um, die Tropfen für Tropfen auslief. Als meine Mutter ankam und all das sah, untersuchte sie ihre Truhe und entdeckte, daß ein Poncho fehlte; aber sie fand auch die sieben Pesos.

Sie kehrte wieder zurück und erzählte meinem Vater, daß ich auf die Plantage geflohen sei, daß ich den Poncho mitgenommen und sieben Pesos zurückgelassen habe. »So!« sagte mein Vater. »Also ist dieser Ziegenbock auf die Plantage gegangen. Du hättest das

Geld bringen sollen, und wir wären nach San Andrés Chicha* trinken gegangen ... Geh und hol die sieben Pesos!«

Meine Mutter ging in das alte Haus und holte das Geld, und sie gingen damit nach San Andrés, um es auszugeben.

Ich kam auf eine Plantage in Soconusco, wo ich zehn Centavos täglich verdiente und mit den Minderjährigen arbeitete. Männer und Kinder arbeiteten nicht zusammen. Die Männer arbeiteten im Akkord. Ich jätete das Unkraut unter den Kaffeestauden.

Der Besitzer und der Aufseher mochten mich sehr und oft schickte mich der Aufseher in Begleitung seiner Frau zu den Tacanecos*.

Es verstrich ein Jahr und ich verdiente weiterhin täglich zehn Centavos, weil sie mir den Vorschuß abzogen. Dann arbeitete ich im Akkord wie die Männer. Die erste Woche machte ich fünf Akkordarbeiten, die sie mit je fünfzig Centavos bezahlten; ich verdiente zwei Pesos fünfzig Centavos. Als ich sah, daß ich mehr verdiente, beeilte ich mich, und die Woche darauf machte ich sechs Akkordarbeiten; die nächste sieben; dann acht, neun, zehn und bis zu elf Akkordarbeiten in der Woche. Der Aufseher sah, wie ich arbeitete, und gab mir bessere Akkordarbeiten; ich kaufte ihm dafür Zigarren zum Paffen.

Nun kaufte ich mir ein Paar Hosen, und als ich mehr Geld hatte, besorgte ich mir gute Kleider. Dann kaufte ich mir Schuhe. An den Zahltagen kamen die Hausiererinnen mit Kleidern und Wäsche. Ich kaufte für achtzig

Centavos ein Paar Hosen; zwei Hemden zu je sechzig Centavos; meine Unterhosen für sechzig Centavos, die Schuhe zu ein Peso fünfzig Centavos, und ich kaufte mir sogar Taschentücher. Meine Kameraden lachten mich aus, weil ich wie ein Herr gekleidet war und meine Chamula-Tracht abgelegt hatte. »Woher kommst du«, sagten sie mir, »daß du als Herr gekleidet bist, wir sind doch Kameraden?« Ich arbeitete weiter; und von meinem Geld kaufte ich mir ein Gewehr und dann eine Pistole, um an den Sonntagen in die Berge ziehen und auf Vögel schießen zu können; später kaufte ich mir eine Ziehharmonika.

Nachdem meine Kameraden das Geld zurückerstattet hatten, das die Werber ihnen vorgestreckt hatten, kehrten sie nach Chamula zurück und erzählten meinem Vater, daß ich nun zu arbeiten gelernt habe und daß er mich auf der Plantage abholen könne.

Nach drei Arbeitsjahren sagte ich mir: »Falls ich nach Hause zurückkehre, ohne meinem Vater Geld geschickt zu haben, wird er mich nicht empfangen; also ist es besser, ich schicke ihm welches.« Und ich verkaufte meine Pistole, mein Gewehr, meine Ziehharmonika und schickte ihm mit Mariano Méndes Aguilar zwanzig Pesos.

Neue Arbeitstrupps kamen und gingen, aber Mariano kam nicht zurück. Nur andere aus der Nähe meines Elternhauses trafen ein. Als sie ankamen, erzählten sie mir, daß mein Vater mein Geld nicht haben wollte.

»Dein Sohn schickt dir dieses Geld«, sagten sie ihm.

»Ich brauche kein Geld von meinem Sohn … Huren-

sohn ... ich bring ihn noch um!« All das erzählten sie, die aus meinem Dorf kamen, und ich glaubte es; denn weil er mich geschlagen hatte, dachte ich, es könnte wahr sein: er könnte kommen und mich umbringen.
Damit mich mein Vater, sollte er kommen, nicht finden konnte, verließ ich jene Plantage und änderte meinen Namen; ich nannte mich José Pérez Jolote. Ich hörte auf, Juan Pérez Jolote zu sein. Die Plantage, auf der ich gearbeitet hatte, hieß Premio. Dann ging ich nach Lubeca; hier arbeitete ich nur fünf Wochen.
Die Kameraden der Premio-Plantage gingen sonntags nach Lubeca spazieren und sagten mir: »Was machst du hier ...? Dein Vater wird kommen und dich umbringen!«
Aus Angst vor meinem Vater verließ ich Lubeca und ging ins Dorf von Huixtla. Dort suchten sie Leute, die auf der Plantage La Flor arbeiten wollten. Ich ließ mich anheuern, und der Besitzer sagte mir: »Du bekommst deinen Lohn, wenn du hier in der Nähe des Hühnerstalls schläfst und die Tiere verscheuchst, die nachts der Hühner wegen kommen.« Ich schlief dort, und wenn ich Lärm hörte, erwachte ich und schrie, um die Tiere zu vertreiben. Ich blieb ungefähr drei Monate und lernte drei Arbeiter aus Comitán* kennen, die Frauen mitgebracht hatten. Einer von ihnen fragte mich: »Du arbeitest hier, José?«
»Ja«, antwortete ich.
»Dann komm doch und iß mit uns bei meiner Frau, statt dort in der Küche«, sagte er.
Der Arbeitgeber verteilte Bohnen, Mais, Rohzucker,

Kaffee und Seife für die Wäsche, und die Frau aus Comitán, die sich um mich kümmerte, holte jede Woche alles im Hause des Besitzers ab; sie bekam auch meinen Lohn und den ihres Mannes. Ich bezahlte ihr für die Mahlzeiten pro Tag fünf Centavos.

An jedem Zahltag betranken sich die Leute aus Comitán und rauften miteinander.

Waren sie besoffen, tauschten sie gegenseitig ihre Frauen. Anderntags waren sie eifersüchtig. »Du Schweinehund«, sagte einer, »du schändest meine Frau.«

»Und du, du fickst meine.«

Dann kam der dritte und sagte: »Auch du packst dir meine.«

Und so begann der Streit.

»Fragen wir José Pérez, ob es stimmt? Er trinkt keinen Branntwein und sieht, was du mit meiner Frau machst ... Schweinehund.«

Sie fragten mich.

»Ich weiß es nicht ... da ich im großen Haus schlafe und nicht bei euch, weiß ich nicht, was nachts geschieht.«

»Du willst es uns nur nicht sagen ...«

Natürlich nicht, ich wollte es ihnen nicht sagen, damit sie nicht wieder stritten, aber ich habe alles gesehen, und die Frau, die mir zu essen gab, hat es mir auch erzählt.

Plötzlich kämpften sie mit den Buschmessern. Die Frauen und ich schauten erschrocken zu. Einer blieb tot liegen, und die andern verschwanden mit den Frauen.

Ich wußte nicht, was tun. Wenn ich weglaufe – dachte ich –, werden sie sagen, ich hätte ihn getötet. So blieb ich und schaute zu, wie dem Mann das Blut aus den Schnittwunden rann.

Als man erfuhr, daß einer aus Comitán getötet worden sei, benachrichtigte man den Vorsitzenden von Mapa, und die Polizei kam auf die Plantage, um nach dem Toten zu sehen; so fanden sie mich bei ihm und fragten mich: »Wer hat ihn getötet?«

»Ich weiß es nicht.«

»Wie, du weißt es nicht? Du gehörst doch zu ihnen. Wenn du's nicht sagst, nehmen wir dich mit.«

»Ich weiß es nicht«, sagte ich. Und ohne weitere Worte zu verlieren, fesselten sie mir mit einem Strick die Arme und banden mich an einen Pfahl. Dort ließen sie mich angebunden, während die Leute der Plantage herbeikamen, um zu sehen, ob ich der Mörder sei.

Die Frauen der drei Arbeiter sagten: »Armer Kleiner, wer weiß, ob er ihn wirklich getötet hat oder nur darunter leidet«, und sie gaben mir Maisschnaps zu trinken. Aber da ich am Pfahl angebunden war, war es, als hätte ich keine Hände, und so schütteten sie ihn mir direkt in den Mund.

Da kamen die anderen, und die Frauen riefen mir zu: »Ach, José, armer Kleiner, sie werden dich mitnehmen: Warum hast du nicht klar gesagt, wer es war? ... Sag, wie es war – wie sie angefangen haben zu streiten!«

»Wie soll ich es sagen, wenn ich nichts gesehen habe?«

Sie nahmen den Toten mit, und mich nahmen sie fest.

Wir kamen nach Mapa, wo ich im Gefängnis übernachtete. Am nächsten Morgen, bei Tagesanbruch, machten wir uns auf den Weg nach Tapachula*. Dort angekommen, steckten sie mich ins Gefängnis.
Elf Monate und vierzehn Tage verbrachte ich in diesem Gefängnis und flocht Palmblätter. Sie zahlten mir einen Centavo für das Bündel. Ein Herr aus San Cristóbal, den sie Procopio de la Rosa nannten, riet mir, die geflochtenen Palmblätter nicht zu verkaufen, sondern Hüte anzufertigen. »So kommst du nicht weit, du machst fünf Bündel, sind fünf Centavos; und wenn du den Rand der Hüte machst, zahl ich dir dafür je drei Centavos.« So nähte ich täglich zwei Hutränder und verdiente sechs Centavos.
Jedem Gefangenen gaben sie täglich fünfzehn Centavos, damit er leben konnte; dafür kaufte er sich drei Tortillas mit Bohnen zu je fünf Centavos; und das aßen wir zu jeder Mahlzeit. Wollte jemand Kaffee trinken, mußte er arbeiten, um ihn zu bezahlen.
Don Procopio hatte fünf oder sechs Kameraden, die für ihn arbeiteten. Als er sah, wie ich arbeitete, gab er mir geflochtene Palmblätter zur Weiterverarbeitung. In der Zelle, wie der Schlafraum hieß, brannte das Licht, und wenn ich keinen Schlaf fand, arbeitete ich nachts; so verdiente ich etwas mehr und konnte etwas mehr essen.
Man ließ die Frauen der Gefangenen ins Gefängnis, und ihre Männer mieteten Laken und Ponchos, um dahinter mit ihnen zu schlafen, ohne gesehen zu werden.

Wir anderen, die wir keine Frau hatten, mußten jeweils die Zellen verlassen.

Eines Tages sagte mir Don Procopio: »Jetzt gebe ich dir die Palmblätter, damit du auf eigene Rechnung arbeitest.« Er war der einzige, der uns die zu flechtenden Palmblätter verkaufte. Er gab die Hüte im Dutzend weiter, damit sie draußen verkauft werden konnten.

Dann lehrte er mich, andere Hüte zu machen, die sich zu eins fünfzig verkauften.

Jeden Sonntag kamen die Familien der Gefangenen zu Besuch, und sie bestellten bei mir Kinderhüte und bezahlten mir vierzig oder fünfzig Centavos für jeden Hut.

Dann lernte ich, Fächer zu flechten, mit denen man sich Luft zufächeln konnte, wenn es sehr heiß war, und man bezahlte mir dafür zwanzig oder fünfundzwanzig Centavos. Einige bestellten nach, und beim nächsten Besuch war ich damit fertig. Später machte ich Palmenkörbe mit Henkeln.

Dank dieser Arbeiten konnte ich mich im Gefängnis gut ernähren. Andere Gefangene sagten, sie kämen aus Guatemala; diese konnten nicht flechten, machten nichts und warteten nur auf die fünfzehn Centavos für's Essen.

Als ich ins Gefängnis kam, verstand ich schon gut Spanisch, aber ich konnte die Wörter nicht aussprechen. Ich lernte, die Dinge zu tun, ohne zu reden, weil niemand meine Muttersprache verstand, und langsam begann ich, Spanisch zu sprechen.

Im Gefängnis erzählte man sich, daß die Regierung vor

dem Sturz stehe. Weil der Präsident ermordet worden war, befürchtete man einen Regierungswechsel, und zur Verteidigung suchte man Leute für ein Bataillon. Zwei Häftlinge schrieben an die Regierung. Diese antwortete ihnen, die Gefangenen, die Soldat werden wollten, müßten ein Gesuch an die Regierung richten. Die anderen Gefangenen wußten nicht recht, ob es ihnen paßte, Soldat zu werden oder nicht – aber die Regierung ließ nicht nur die beiden hinaus, die darum ersucht hatten, sondern alle anderen Häftlinge auch, sogar die Invaliden.

Um vier Uhr früh holten uns die Soldaten ab. Einer befahl: »Alle Häftlinge mit ihrem Gepäck antreten, alle werden freigelassen.« Aber sie führten uns zum Bahnhof und steckten uns in einen Wagen, der für Bananen und Vieh bestimmt war. Die Soldaten bewachten uns überall; zwei von ihnen standen bei der Wagentür, stießen uns mit den Pistolen und sagten: »Hinein ...!«

Ich hatte fünf neue Hüte bei mir, die ich unterwegs verkaufen wollte; noch glaubte ich daran, daß sie jemand kaufen würde. Wir erreichten San Jerónimo; dort mußten wir aussteigen, und man steckte uns alle in einen Raum.

Mir nahmen sie die Hüte weg und verbrannten sie, um Kaffee zu machen. Alle Langhaarigen wurden geschoren, überflüssige Kleidungsstücke nahm man uns ab und gab uns Militärmäntel mit langen Ärmeln.

Am nächsten Tag fuhren wir in Richtung Mexiko-Stadt. Ich hörte, wie die Namen der Ortschaften genannt wurden, an denen wir vorbeifuhren: Orizaba, Puebla ... Wir erreichten San Antonio, wo es Brennholz gab. Wir mußten aus dem Wagen, um uns zu erholen, und sie machten ein Feuer, damit wir uns wärmen konnten. Es war die Zeit der Maisernte; wir aßen und stiegen wieder in den Wagen und fuhren bis zum Bahnhof von Mexiko-Stadt. Vom Bahnhof brachten sie uns in die Kaserne von La Canoa. Am nächsten Tag wurden wir zum Appell gerufen. Sie fragten uns, ob wir alle Mexikaner seien oder ob jemand aus Guatemala komme. Zwei Guatemalteken waren dabei, die mir sagten:

»Wenn wir drankommen, werden sie uns fragen, woher wir kommen, sag du auch, daß du aus Guatemala kommst; wenn sie erfahren, daß wir aus Guatemala sind, lassen sie uns frei, denn die Guatemalteken gehören nicht zu Mexiko, und deshalb werden wir nicht eingezogen.«

Nun schrie einer zum Appell: »Antreten!«

Als wir angetreten waren, fragte er: »Sind Guatemalteken hier? ... Wer kommt aus Guatemala?«

»Hier sind wir!« sagten die Leute aus Guatemala.

»Also zur Seite!«

Die Guatemalteken traten beiseite. Weil ich weiß, daß ich nicht aus Guatemala bin, sondern aus Chamula, hörte ich nicht auf den Rat jener Männer und blieb bei den Mexikanern. Die Guatemalteken ließ man frei und gab ihnen eine Fahrkarte, um in ihr Land zurückzukehren. Auch die Invaliden und Verwundeten wurden freigelassen. Zurück blieben nur die Gesunden.

Man brachte uns in eine Kaserne, wo sie unsere Größe maßen. Sie zogen uns aus, und wir wurden völlig nackt gemustert. Diejenigen, die Haarausfall hatten, wie jene aus Ixtapa oder San Lucas, ließen sie gehen, weil sie als Soldaten nichts taugten. Die Regierung konnte sie nicht brauchen. Auch jene mit einem Furunkel oder einem Geschwür nicht. Nur diejenigen durften bleiben, die eine reine Haut hatten, und weil ich einen gesunden Körper hatte ohne einen Kratzer, ließen sie mich bei denen, die einrücken mußten.
Nun verteilten sie den Sold, fünfundzwanzig Centavos pro Tag, und das Essen. Einige Tage später trafen die Sandalen ein, dann die Schuhe, die an alle verteilt wurden. Dann kamen die Käppis, die Mausergewehre mit Holzkugeln, und als wir fertig eingekleidet waren, zahlten sie uns fünfzig Centavos pro Tag und das Essen.
Von vier bis sechs Uhr früh mußten wir zum Exerzieren antreten. Die Korporale, die Ersten Unteroffiziere, die Leutnants, die Oberleutnants und die Hauptleute versammelten uns dort und ließen uns marschieren. Um sechs Uhr bekamen wir Kaffee. Wir waren hundertfünfundzwanzig aus allen Dörfern, weil es in allen Dörfern Gefängnisse gibt ... Man nannte uns das »89. Bataillon«.
Wenige Tage später brachte man uns bei, wie die Waffen zu handhaben seien und wie wir uns im Kampf zu verhalten hätten. Wir stellten uns auf, die einen vorne und die anderen hinten, und man befahl: »Auf den Boden!« Ein andermal mußten sich die einen kniend,

die anderen stehend aufstellen. Uns gegenüber stellten sich die anderen Kameraden genauso auf wie wir. Dann sagte man uns: »Dies ist der Feind; wir werden so tun, als ob er uns gegenüberstünde ... Jetzt: Anlegen! Zielen! ... Feuer!« Wir drückten den Abzug, es knallte, und so flogen die kleinen Holzkugeln aus den Mausergewehren. Weil es nur eine Übung war, waren die Kugeln nicht echt.

Man sagte uns: »Wir werden es wiederholen: Einen Schritt vorwärts!« – und wir rückten vor. »Der erste liegend, der nächste kniend, der letzte stehend!« Das machten wir im Takt; drei Schritte nach vorn, dann rückwärts jeder an seinen Platz. Wir wiederholten es jeden Tag, mit der Waffe in der Hand.

Dann gab man uns scharfe Munition, fünfzig Patronen für jeden. Jetzt verdienten wir täglich einen Peso. Seit wir die scharfe Munition hatten, verbrauchten wir sie nicht mehr, wir exerzierten nur, wie wir es am Anfang gelernt hatten.

Einige Zeit später brachen wir auf, um mit Carranza* zusammenzutreffen. Vor dem Abmarsch kam ein Geistlicher in die Kaserne, und man rief uns zusammen. Er stieg auf einen Stuhl und sagte: »Nun denn, Bataillone«, und wir knieten alle nieder. »Heute komme ich, um euch zu verkünden, daß wir uns morgen oder übermorgen auf den Weg machen müssen, weil der Feind näherrückt. Wenn ihr im Kampf steht, beruft euch weder auf den Teufel noch auf Dämonen, sondern gebraucht zu jeder Stunde, ob morgens oder abends, diese Worte, die ich euch vorsagen werde. Hört gut zu:

›Es lebe die Jungfrau von Guadalupe! Sie ist die Schutzpatronin von Mexiko, sie ist die Königin von Mexiko, und sie wird uns vor unseren Feinden beschützen, wenn wir im Kugelregen stehen.‹«

Tags darauf machten wir uns auf den Weg. Wir wurden mit den Waffen in die Wagen verladen, und unterwegs erfuhren wir, daß es in Richtung Aguascalientes* ging. Auf der Fahrt hörten wir Kanonendonner, und zwischen den Gittern des Wagens sahen wir gelbgekleidete Leute durch's Gebirge eilen. Meine Kameraden sagten: »Das kann ja noch heiter werden!« Einige hatten ihre Gitarre, sie spielten und sangen und waren vergnügt.

Von Aguascalientes ging es nach Zacatecas weiter. Dort blieben wir stehen. Wir hätten weiterfahren sollen; aber der Zug kam nicht mehr durch. Wir stiegen aus den Wagen, und sie brachten uns in ein Haus mit einem großen Raum, wo sie uns zu essen gaben. Dort verbrachten wir einige Tage. Um vier Uhr früh wurden wir geweckt, und man gab uns ein Gläschen Branntwein mit Schießpulver; jeden Morgen, ausnahmslos. Dann erhielten wir Kaffee und später ein Mittagessen. Diejenigen, die eine Frau mitgebracht hatten, waren zufrieden; zur Gitarre sangen sie Lieder und lachten. »Uns geht's gut, und übermorgen gibt's ein Fest«, sagten viele.

Der Tag der Feuertaufe brach an.

Im Gebirge von Zacatecas gab es eine Talmulde. Dort hatte sich bereits die Artillerie auf einer kleinen Erhebung mit den Kanonen eingerichtet. Unter der Kanone gruben sie ein Loch, und in dieser Höhle bereiteten sie ihre Mahlzeiten zu.

Als wir um neun Uhr vormittags die Ebene überquerten, um auf die Anhöhe zu kommen, hörten wir den General sagen: »Ausschwärmen!« Er blies ins Horn, und wir verteilten uns über die ganze Ebene. Auf den Hügelkuppen war der Feind, denn die Schüsse kamen von oben. Wir schossen von unten zurück. Da wir nicht genau wußten, wo sie waren, sie uns aber beobachten konnten und uns gut im Auge behielten, blieben viele unserer Kameraden tot liegen. Die Artilleristen schossen auf den Hügel. Andere rückten vor und erreichten den Hügel über eine Flanke, so daß sich der Feind etwas zurückzog. Bei Einbruch der Nacht, noch hatten wir keinen Schluck Wasser getrunken, sammelten wir die Verwundeten ein. Jemand sagte zu mir: »Bring mich zu den Artilleristen, denn ich kann nicht mehr ... nimm mein Gewehr.« Wir kamen zu den Artilleristen. Mir begann die Kehle zu schmerzen; ich trank Wasser, aber ich konnte es nicht schlucken; ich aß, aber das Essen wollte auch nicht hinunter. Und beim Donner der Kanonen platzte mein Trommelfell.
Man brachte mich in die Kaserne von Zacatecas und von dort nach Aguascalientes. Hier blieb ich zwei Tage im Krankenhaus und am dritten brach ich mit anderen Verwundeten ins Krankenhaus von Mexiko-Stadt auf, wo ich vor Ohrenschmerzen beinahe gestorben wäre; zuerst floß Blut, und dann kam Eiter. Ich blieb einige Monate im Krankenhaus, und man entließ mich nicht, bevor ich nicht ganz gesund war.
Die Gesunden sagten: »Wer weiß, was uns erwartet, sie werden kommen und uns auffressen, und wir wis-

sen nicht einmal, welches Gesindel uns auffressen wird.«
Die Verwundeten und Kranken weinten, weil sie nicht ausgehen oder davonlaufen konnten, und weil man sie gewiß auffressen würde. Man sagte, die Carranza-Leute fressen Menschen.
Nach einiger Zeit traf Carranza in Mexiko-Stadt ein. Vom Krankenhaus aus hörten wir die Schüsse pfeifen; wir hörten Schreie durch die Straßen gellen: »Es lebe Venustiano Carranza! Zum Henker mit Victoriano Huerta*! Nieder mit Francisco Villa*! Nieder auch mit Emilio Zapata* ...!«
Man ließ nur Carranza hochleben. Und wir, dort im Krankenhaus, schauten uns gegenseitig an, ohne fliehen zu können.
Einen Tag nach dem Eintreffen der Carranza-Leute kamen sie ins Krankenhaus, um nachzusehen, wie es den Verwundeten und Kranken gehe. Sie kamen mit den Führern, grüßten und fragten uns: »Wie geht's? Wo hat es euch erwischt? Geht's aufwärts? ... Jetzt sind wir hier; wir sind alle Kameraden.« Die vorher geweint hatten, sprachen zuerst: »Man sagte uns, daß die Carranzisten Menschen auffressen.«
»Was sollen wir fressen ...? Wir sind doch keine Menschenfresser. Nein, nein, wir fressen euch nicht auf.«
Und die Verwundeten und Kranken wurden vergnügt.
»Hier habt ihr zwei Pesos«, sagten sie, »und habt keine Angst.« Und sie gaben jedem von uns zwei Pesos.
Ich blieb im Krankenhaus, bis ich gesund wurde. Als

freier Mann ging ich nach Puebla. Ich arbeitete fünfzehn oder zwanzig Tage und half den Maurern Kalk und Backsteine tragen und den Metzgern Schafe und Ziegen von der Hazienda zum Schlachthof führen; aber weil ich bei ihnen wohnte, zahlten sie mir keinen Lohn.

Nun brach ich nach Tehuacán de las Granadas* auf; ich ging allein und zu Fuß. Als ich in Tehuacán eintraf, gab mir ein Señor Herberge; er war Metzger. Ich hatte es mit Schlächtern zu tun gehabt und wußte, daß es keine schlechten Leute waren. Ich diente ihm fünf Monate lang.

Gegen zwei Uhr früh schnitt der Vater des Schlächters das Fleisch in Stücke. Um diese Zeit ging er also zur Fleischerei. Weil er taub war, nahm er mich mit, denn er mußte an der Kaserne vorbei und konnte nicht hören, wenn die Schildwache rief: »Wer lebe hoch?« Da er Angst hatte, getötet zu werden, wenn er keine Antwort gab, mußte ich für ihn der Schildwache antworten: »Carranza!«, und sie ließen uns durch.

Wir konnten an der Kaserne vorbeigehen, ohne je aufgehalten zu werden. In der Fleischerei sagte mir der Taube: »Leg dich dort schlafen; ich werde dich wecken, wenn es Tag wird.« Ich schlief, und er schnitt das Fleisch in Portionen zu einem, einem halben und einem viertel Kilo. Bei Tagesanbruch war das ganze Fleisch in Stücke geschnitten. Er weckte mich. Der Milchkaffee stand bereits da, ein Glas für ihn und ein anderes für mich. Dann kamen die Fleischkäufer, und er verkaufte, was sie wünschten. Denen, die etwas vom Señor wissen wollten, gab ich Antwort. Sobald der Verkauf zu Ende war, kehrte er allein nach Hause zurück; es war schon Tag, und so konnten ihn die Schildwachen sehen, und da sie ihn kannten, rief ihm niemand zu: »Wer lebe hoch?« Mich ließ er in der Fleischerei zurück, und ich mußte den Tisch waschen und fegen. Wenn ich damit fertig war, ging ich nach Hause und aß zu Mittag; dann holte ich Wasser, kaufte ein und besorgte das Haus. Fünf Monate lang begleitete ich den tauben Señor jeden Tag zur Fleischerei. Für meine Arbeit in jenem Haus erhielt ich nur Kleider und Nahrung. Ich wollte mehr Geld verdienen und ging zum Hauptmann der Kaserne von Tehuacán.

»Wollen Sie mich nicht in Ihren Dienst aufnehmen?«

»Mit Vergnügen; wie heißt du?«

»Ich heiße José Pérez.«

Man gab mir ein Uniformhemd, ein Paar Hosen, das Käppi und überdies einen Peso fünfzig. Als man in dem Haus, wo ich arbeitete, erfuhr, daß ich Soldat geworden war, kam man am nächsten Tag, um mich zurückzuholen. Der taube Alte sprach mit dem Hauptmann und sagte ihm: »Nehmen Sie mir meinen Jungen nicht weg, denn ich mag ihn sehr; ich behandle ihn gut und schimpfe nicht mit ihm … Fragen Sie ihn.«

»Stimmt das?« fragte mich der Hauptmann.

»Es stimmt«, sagte ich, »ich verließ ihn nur, weil ich mehr verdienen wollte, aber es stimmt, der Señor schimpft nicht mit mir, gibt mir mein Essen und meine Kleider.«

»Wenn er dir gut zu essen gibt, dir deine Kleider gibt

und nicht mit dir schimpft, dann geh doch mit dem Señor. Was willst du noch mehr ...? Gut genährt, gut gekleidet ... Er ist wie dein Vater; du schläfst gut dort ... ruhig ..., hast ein Haus. Hier wissen wir nie, wann wir losziehen müssen und wann wir tot auf dem Schlachtfeld liegen bleiben. Dieser Alte tut mir leid, denn er kam weinend hierher und bat mich, du mögest zurückkehren. Geh mit ihm!«

Der Hauptmann gab mir fünf Pesos, und ich ging mit dem tauben Señor zurück.

Nach diesem Vorfall blieb ich nur acht Tage im Hause des Schlächters, denn eines Tages traf ich eine Frau, die zu der Zeit, als wir noch mit Victoriano Huerta befreundet waren, mit einem meiner Kameraden ausgegangen war. Als sie mich auf der Straße sah, sagte sie zu mir: »Wie geht's dir, José? Was machst du?«

»Nun, ich bin hier und verdiene meinen Lebensunterhalt.«

»Und dein Daví?«

»Er starb auf dem Schlachtfeld. Ich geh zurück in meine Heimat. Wenn du willst, kannst du mitkommen; ich habe Geld und bezahle dir die Reise.«

Und ich ging mit der Frau Davís bis Oaxaca*. Sie sagte mir, sie werde in Oaxaca bleiben und ich könne von dort aus weiter in mein Dorf ziehen. Als wir in Oaxaca ankamen, nahm sie mich mit zu sich nach Hause; dort schlief ich eine Nacht.

Am nächsten Tag machte ich mich auf. Ich fragte, welcher Weg nach San Cristóbal de las Casas führe;

aber niemand konnte mir Auskunft geben; ich fragte viele, und sie alle sagten mir, sie wüßten es nicht.
Müde vom Umherirren in der Stadt ging ich zur Kaserne und ließ mich vom Militär anheuern.
Sie notierten meinen Namen, und ich wurde wieder Carranzist. Ich blieb acht Tage in Oaxaca, bis sie die Leute aus der Kaserne nach Mexiko-Stadt verlegten; da war ich wieder. Wir wurden nach Córdoba* abkommandiert und von dort in ein kleines Dorf geschickt, wo Zapata-Leute eingedrungen waren und plünderten. Wir blieben zum Schutz des Dorfes sechs Monate lang als Garnison. Und da fing ich an, die Frauen wirklich kennenzulernen.
Ich war Bursche bei einem Leutnant. Wenn ich frei hatte, ging ich auf den Dorfplatz und trank Pulque*, den eine Alte mit weißem Haar verkaufte. Die Pulque-Verkäuferin fragte mich einmal: »Hast du eine Frau?«
»Nein, Señora, ich habe keine Frau.«
»Und warum suchst du dir nicht eine? ... So viele Mädchen gibt es hier!«
»Nun, ich weiß nicht, was ich ihnen sagen soll.«
»Aber willst du eine Frau?«
»Ja.«
»Weißt du schon, wie Frauen sind?«
»Nein, Señora, ich hab noch nicht erfahren, wie Frauen sind.«
»Wenn du willst, komm zu mir nach Hause.«
»Also, gehen wir.«
Die Alte räumte ihre Sachen zusammen und nahm mich

mit zu sich nach Hause. Als wir ankamen, gab sie mir zu essen, nach dem Essen nahm sie mich in ihr Bett und los ging's ... Später kehrte ich in meine Kaserne zurück. »Jetzt weißt du, wo mein Haus ist, wenn du willst, kommst du wieder.«

Von da an kam ich jeden Nachmittag auf den Dorfplatz, und sie nahm mich mit in ihr Haus.

Einmal bat ich meinen Leutnant um Erlaubnis, bei ihr schlafen zu dürfen. Er ließ mich gehen. Ich ging auf den Platz und wartete, bis sie ihre Krüge und den Pulque-Topf zusammengeräumt hatte. Und diese Nacht blieb ich bei ihr bis zum Morgen.

Am nächsten Tag kehrte ich in die Kaserne zurück. Der Leutnant fragte mich: »Sag, ist es ein Mädchen, mit dem du schläfst?« – »Nein«, sagte ich, »sie ist alt und hat schon weißes Haar.« Nach jener Nacht kam sie jedesmal, wenn sie wollte, daß ich sie besuche, in die Kaserne und fragte die Dienstmädchen, die das Essen zubereiteten: »Ist José da?« – »Ich weiß nicht«, antworteten sie, »gehen Sie doch hinein und sehen nach.« Sie trat ein, und wenn ich sie sah, gab ich ihr mit der Hand ein Zeichen, um zu verhindern, daß sie vor meinen Kameraden spräche. Es war mir peinlich, daß man sah, wie alt sie war. Ich stand auf, sprach mit ihr, und dann sagte sie zu mir: »Ich erwarte dich heute nacht.« Und später ging ich.

Sechs Monate waren vergangen, als sie uns in ein anderes Dorf schickten. Die alte Pulque-Verkäuferin blieb zurück.

Wir fuhren wieder nach Córdoba und blieben einen

Monat dort. Dann fuhren wir nach Pachuca, wo wir uns zwei Monate aufhielten. Dann schickten sie uns nach Real del Monte, wo wir nur zwanzig Tage blieben; wir hielten es dort nicht länger aus, weil es sehr kalt war, und so kehrten wir nach Pachuca zurück, um von dort in ein anderes Dorf zu wechseln, das von den Pancho-Villa-Leuten angegriffen wurde.

Sie griffen im Morgengrauen an. Wir schliefen noch, und die Schildwache schlief auch. Das Pfeifen der Schüsse weckte uns auf. Wir eilten hinaus, aber sie schossen bereits auf uns. Wir waren fünfundsechzig. Einige wurden getötet, andere flüchteten, und fünfundzwanzig fielen als Gefangene in die Hände von General Villa. Wir wurden gefragt, weshalb wir zu den Carranzisten übergetreten seien, und ich antwortete:

»Die Huertisten haben uns mit Gewalt eingezogen, und da jetzt Carranza dran ist, haben wir gewechselt.«

»Woher kommst du?«

»Ich bin Chamula.«

Der Leutnant, der mir die Frage stellte, sagte zum General Almazán: »Diese Kerle haben sie mit Gewalt eingezogen.«

»Was wollt ihr jetzt tun?« fragte uns ein Alter mit Schnurrbart.

»Ich will bei euch dienen.«

»Und ihr?« fragten sie meine Kameraden.

»Das, was dieser Kamerad sagt; wir wollen mit euch gehen.«

»Aber im Ernst! Nicht daß ihr euch dann drückt, wenn es brenzlig wird.«

»Nein, Señor, wir werden uns nicht drücken, wir werden mit euch gehen.«

»Wo's brennt, dort werden wir euch als erste hinschikken, um zu sehen, ob ihr wirkliche Männer seid«, sagte er uns.

Sie nahmen uns wieder in den Dienst auf, gaben uns Waffen und schenkten jedem von uns fünf Pesos. Und so blieben wir bei den Leuten von Villa. Aber es stimmte nicht, daß sie uns nur als Vorhut einsetzten. Ein Leutnant wollte mich als Burschen, er hieß David León.

»Hör mal, José«, sagte er zu mir, »wenn du magst, nehme ich dich als Burschen.« – »Wie Sie befehlen, Señor«, sagte ich. »Gut, ich werde dich beim Chef anfordern.«

Er bewarb sich um mich, und der General willigte ein. Die Truppe durchstreifte die Gegend auf der Suche nach Nahrung. Ich blieb bei den Frauen. Die Soldaten verließen alle drei bis vier Tage das Lager, zogen über die Landstraßen in die Dörfer, und ich paßte auf die Alten auf und erledigte ihre Besorgungen. Sie gaben mir zu essen und verwöhnten mich. Einmal, als ich dabei war, die Tiere zu hüten, kam die Frau eines Soldaten zu mir und sagte: »Hör zu, José, willst du? Wir können an den Fluß baden gehen«, und weil sie ein Mädchen war, ging ich mit ihr. »Zieh die Kleider aus«, sagte sie zu mir. Sie war bereits nackt. Wir tauchten in den Fluß, und sie begann zu spielen, indem sie mich mit Wasser bespritzte, drei Mal; dann machte ich auch mit. Und als sie nicht aufhörte, umarmte ich sie, und dann wußte ich, was sie wollte. Und wir traten ans Flußufer ... Wir verabredeten uns im Gebirge. »Wenn du magst«, sagte sie, »gehen wir ins Gebirge.« Und als ich den Tieren zu fressen gegeben hatte, ging ich zu ihr ins Gebirge, wo sie mich erwartete.

Die Truppe zog nun weiter über Felder und Berge, wo die Tiere noch weiden konnten, bis wir zu einer Hazienda kamen, die Matamoros de la Azúcar heißt. Dort gab es Zuckerrohr und eine Schnapsbrennerei. Als wir eintrafen, war niemand mehr da, sie waren alle vor uns weggelaufen, weil sie Angst hatten. Sie waren geflüchtet, weil sie Carranzisten waren.

Auf jener Hazienda blieben wir acht Tage, aßen Guaveäpfel, lutschten Zuckerrohr und tranken Wasser, denn zu essen gab es nichts mehr. Dann brachen wir nach Huajuapán de León auf, und dort blieben wir sechs Monate.

In diesem Dorf erwarteten uns die Leute und flohen nicht, denn sie waren Villa-Anhänger.

Das mitgebrachte Geld bekam die Truppe als Sold, damit wir kaufen konnten, was wir wollten. Als es ausging, stempelten sie liniertes Papier. Auf dem Markt kauften wir ein, was wir wollten oder brauchten, und bezahlten mit dem linierten Papier. Dieses Papier wurde nur in jenem Dorf angenommen, an anderen Orten wollten sie es nicht, weil es nichts wert war. Andere kauften auf Pump. Die Anführer sagten: »Das Geld kommt schon.« Als jedoch die Vorräte des Dorfes aufgebraucht waren, konnten wir nirgendwo mehr etwas kaufen, weil niemand das gestempelte Papier annehmen wollte.

General Almazán versammelte uns alle, Soldaten, Leutnants und Hauptleute, und sagte: »Jetzt sind alle übrigen Dörfer und Haziendas in die Hände der Carranzisten gefallen; ich gehe; es gibt kein Dorf mehr, in das wir einmarschieren könnten, und ich möchte euch nicht in Gefahr bringen. Mal sehen, was ich mache. Ihr könnt gehen oder hierbleiben. Wenn ihr euch den Carranza-Truppen, die in Tehuacán sind, ergeben wollt, steht es euch frei.«

Wir beschlossen, in Richtung Tehuacán zu gehen. In der Nacht brachen wir auf. Die ganze Nacht gingen wir über Hügel und Berge, und bei Tagesanbruch legten wir uns schlafen, damit die Tiere weiden konnten. Als es dunkel wurde, setzten wir unseren Weg fort. Als wir in der Nähe von Tehuacán eine Hazienda erreichten, schickte man von dort ein Schreiben an die Leute von Carranza, die das Dorf besetzt hielten. Auf dem Papier stand, ob sie uns aufnehmen wollten, wir seien hundertfünfzig Mann aus den Villa-Reihen, die sich Carranza ergeben wollten. General Almazán hatte uns noch bis zur Hazienda begleitet. Als nun der Bote von Tehuacán zurückkam, sagte er zu uns: »Ergebt euch, ich kann euch nicht begleiten, denn wenn ich mich ergebe, könnte mein Kopf rollen.«

Er verschwand in der Nacht und ließ uns – 150 Leute – zurück. Als es tagte, brachen wir nach Tehuacán auf.

Die Carranzisten kamen uns entgegen, und wir trafen etwa eine Meile vor dem Dorf aufeinander. Sie kamen mit den schußbereiten Mausergewehren auf uns zu, und wir empfingen sie mit unseren Mausergewehren, aber

Kolben nach vorn. Sofort stießen sie uns vorwärts und trieben uns in die Kaserne. Am Tor nahmen sie uns die Waffen ab, alles andere durften wir behalten. Sie sperrten uns in die Kaserne ein und fragten uns, wo wir gewesen seien, und wir erzählten ihnen, welche Gegenden wir abgeklopft hatten.

Am anderen Tag riefen sie uns zusammen: »Ihr habt euch ergeben und eure Waffen abgeliefert, was wollt ihr jetzt tun? Wollt ihr als Carranzisten weitermachen? Wer nicht mitmachen will, ist frei und kann in sein Land, an die Arbeit zurückkehren.« Ich sagte: »Ich will nicht weitermachen, weil ich auf dem Land arbeiten möchte.« Jene, die als Carranzisten weitermachen wollten, traten wieder in den Dienst.

»In welche Gegend möchtest du gehen?« fragten sie mich.

»Ich möchte nach Veracruz«, sagte ich. Weil ich nun frei war, wollte ich jene Stadt kennenlernen. Ich wollte nicht mehr Soldat sein und mich frei fühlen. »Du kannst gehen, du fährst mit dem Zug. Es kostet dich nichts.«

Sie gaben mir meine Fahrkarte und fünfundzwanzig Pesos, außerdem gaben sie mir meine Freiheit.

Ich kam nach Veracruz. Vier Tage lang bummelte ich herum, ohne zu arbeiten. Ich setzte mich auf eine Parkbank und schaute den Leuten zu. Einige verteilten Flugblätter und gaben auch mir welche; ich konnte schon lesen, denn ich hatte jene gefragt, die was davon verstanden. In der Kaserne gaben sie mir Stunden. Es wollte nicht so recht in meinen Kopf, da ich aber immer und immer wieder fragte, lernte ich es schließlich doch.

Dann kam ein Señor, der mich fragte, ob ich bei ihm auf der Plantage, die Santa Fé hieß, arbeiten wolle. Ich sagte zu. Man brachte mich hin auf einem kleinen Dampfer, der nur Platz für zwölf Christen hatte und hin und her fuhr, um die Leute zur Arbeit zu bringen, die auf der Plantage Zuckerrohr schnitten und wuschen.
Hier arbeitete ich neun Monate. Man bekam zwei Pesos und das Essen.
Als ich dort nicht mehr bleiben wollte, ging ich auf eine andere Plantage, die San Cristóbal hieß. Da arbeitete ich drei Monate auf den Maisfeldern, und als es mir auch dort nicht mehr gefiel, ging ich in meine Heimat zurück.
Als ich in Tuxtla* ankam, besaß ich hundertvierzig Pesos. Ich bat in einem Haus um Quartier:
»Guten Abend, Señora.«
»Guten Abend.«
»Könnte ich hier nicht übernachten?«
»Warum nicht? Bitte kommen Sie herein.«
»Nein, hier draußen ist es schon recht.«
Später kam noch ein Gefährte, und wir übernachteten zusammen. Ich schlief ein. Zwei Diebe überfielen uns. Als ich erwachte, saß einer der beiden bereits auf mir und drückte mir seine Pistole auf die Brust, denn ich lag auf dem Rücken. »Gib deine Pistole heraus – her mit der Waffe.« Ich sagte ihm, daß ich keine Waffe habe, weder eine Pistole noch ein Messer. »Dann her mit dem Geld! Wo ist es, Ziegenbock!?« Und er nahm mir die hundertvierzig Pesos weg, die ich unter meinem Kopfkissen hatte. Der andere Dieb setzte meinem Gefährten eben-

falls das Messer an und raubte ihm, was er bei sich hatte.
Am Morgen war ich ohne Geld, und ich war traurig ohne einen Centavo, um mir davon Essen kaufen zu können. Ich sagte der Señora, die mich beherbergte, daß zwei Diebe mein Geld gestohlen hatten. »Und wieviel war es?« – »Hundertvierzig Pesos.« – »Ach, du Armer!« sagte sie und schenkte mir fünfzig Centavos.
Ich war sehr traurig und wurde krank. Ich bekam Kopfschmerzen, Bauchschmerzen und Durchfall. Dann erinnere ich mich an nichts mehr. Die Señora rief die Polizei und sagte ihr, daß in ihrem Haus ein Indio im Sterben liege. Sie kamen und brachten mich ins Krankenhaus, und dort wurde ich sechs Monate lang gepflegt.
Als es mir besser ging, machte ich für die Kranken Besorgungen auf dem Dorfplatz; dafür bekam ich einen Peso pro Tag und das Essen. Ich arbeitete einen Monat lang. Sie ließen mich nicht nach Hause ziehen, weil ich noch nicht ganz gesund war. Einmal sagte ich dem Krankenwärter: »Ich möchte endlich von hier weg; ich möchte zurück in meine Heimat.« – »Wirst du es bis dorthin schaffen?« – »Ich glaube, ich werde es schaffen.« Man gab mir meine dreißig Pesos, und ich kam zu Fuß in meine Heimat. Nach Tuxtla machte ich halt in Ixtapa, und von Ixtapa bis nach Hause war es noch eine halbe Tagesreise.
Ich erreichte mein Elternhaus und begrüßte meinen Vater; er kannte mich nicht mehr. Ich hatte die Sprache vergessen, und es war wenig, was ich noch verstand.

Mein Vater fragte mich, wer ich sei und woher ich käme.
»Kennt ihr mich nicht mehr! ... Ich bin Juan!«
»Was ...? Du lebst noch! Wenn du Juan bist, wo bist du gewesen? ... Ich ging zweimal zur Plantage, um dich zu holen!«
»Ich habe die Plantage verlassen und bin als Soldat nach Mexiko-Stadt gegangen.« Das sagte ich ihm kniend.
»Wirklich, du warst Soldat?«
»Ja, mein Vater.«
»Oh, du Hurensohn! Warum hat es dich nicht erwischt!«
»Gott hat mich beschützt.«
Er rief meine Mutter. »Frau, komm schau dir deinen Sohn Juan an! Dieser Ziegenbock ist wieder auferstanden!«
Meine Mutter kam, und mein Vater sagte zu ihr: »Kennst du diesen?«
Ich sagte ihr, wieder hinkniend: »Ich bin Juan, Mütterchen!«
Meine Mutter fing an zu weinen und sagte meinem Vater: »Siehst du, nun ist unser Sohn als Mann wieder zurückgekehrt ... Du warst so schlecht zu ihm, daß er fortgehen mußte, so sehr hast du ihn geschlagen.«
Mein Vater sagte: »Es ist gut, daß er zurückgekehrt ist, was sollen wir tun! ... Komm herein.«
Sie gaben mir einen Stuhl; ich setzte mich. Ich schaute sie immer wieder an ... Ich konnte mich mit ihnen nicht unterhalten, denn ich hatte ihre Sprache fast vergessen.

Sie riefen meinen Bruder Mateo und meine Schwester Nicolasa herbei, damit sie mich sähen: »Kommt, Juan der Ausreißer ist zurückgekehrt!«
Mein Bruder und meine Schwester kamen mich begrüßen, aber ich konnte nicht mit ihnen sprechen, ich schaute sie nur an. Sie kannten mich nicht, denn klein war ich, als ich fortging, klein ließ ich sie zurück.
»Es ist euer ältester Bruder, der Ausreißer; der weglief, weil ihn sein Vater immer schlug«, sagte ihnen meine Mutter.
Da sagte meine Schwester: »Wir glaubten, du wärst gestorben.«
»Ich? Nein. Gott hat mich beschützt; Gott sei Dank!«
»Gott sei Dank!«
»Gott sei Dank sehen wir dich endlich.«
Ich sprach spanisch und gebrauchte Wörter in ihrer Sprache, weil ich nicht alles in ihrer Sprache sagen konnte. Sie lachten mich aus, weil ich ihre Sprache nicht konnte. Und ich blieb, um nochmals in meinem Dorf zu leben.
In der ersten Nacht wachte ich auf, als mein Vater, über den Herd gebeugt, das Feuer anfachte. Ich spürte Angst, daß er sich mir nähern und mich im Zorn mit einem Fußtritt wecken könnte. Aber er tat es nicht. Ich war ja schon ein Mann! Meine Mutter stieg aus dem Bett und reichte ihm das Wasser, damit er sich die Hände waschen konnte. Sie wusch sich auch und begann auf der Steinplatte Maiskörner für die Tortillas* zu mahlen.

Wir setzten uns alle ans Feuer, um uns zu wärmen, und ich betrachtete nachdenklich die Flammen, wie sie das Tongeschirr umzüngelten, in dem die Tortillas brieten.

Mein Vater erzählte von den Ereignissen, die sich in der Gegend herumsprachen. Rosa, die Frau Marianos, wurde von den Ältesten ins Dorf zurückgebracht. Sie sagten, sie sei daheim mit einem jungen Mann gesehen worden. An den Tagen, an denen Mariano auf den Plantagen arbeitete, habe sie den jungen Mann zu sich ins Haus genommen, um mit ihm zu schlafen.

Meine Mutter sagte: »Was für schlechte Frauen es doch gibt! Deshalb werden sie von den Männern geschlagen. Jetzt, wo wir unseren Juan hier haben, helfe Gott, daß er keine schlechte Frau bekommt.«

Während meine Mutter mit den Tortillas beschäftigt war, erinnerte ich mich an viele Dinge, die ich längst vergessen hatte; die Träume meiner Mutter, die Geschichten der Alten, die Leiden und die Freuden aller ...

Drei Stunden später brach der Tag an; hinter den Bergen tauchte die Sonne auf. Meine Mutter legte ein paar Kohlen ins Weihrauchgefäß aus Ton und trat hinaus, um die ersten Sonnenstrahlen zu empfangen; sie warf Kopalharz ins Kohlenbecken, kniete nieder, küßte die Erde und bat die Sonne um Gesundheit und Schutz für alle.

Am 14. August 1930 kam ich nach Chamula zurück; schon am nächsten Tag war das Fest von Santa Rosa*, und mein Vater sagte zu mir: »In deinen Kleidern wirst

du den Leuten nicht gefallen, es ist besser, wenn du dich umziehst.«
Sie nahmen mir die Lumpen weg und gaben mir einen wollenen Poncho, den ich über den Hosen und dem wollenen Hemd mit einem Gemsfellgürtel um meine Lenden befestigte. Schon war ich wieder ein Chamula.
Aber ich fühlte mich nicht wohl in dieser Tracht; ich hatte Angst, das Haus zu verlassen, ich wollte nicht gesehen werden. Ich war traurig und ging nicht zum Fest.
Die ersten Tage blieb ich im Haus, half mit, wo es notwendig war. Ich brachte alle Tage Brennholz, rodete das Maisfeld und kehrte den Schafstall. Ich war traurig; ich konnte nicht mehr wie ein Chamula leben ... Und dann dachte ich: »Weshalb bin ich in mein Dorf gekommen? Was hat mich hergetrieben? Wenn ich schon als Kind nicht hier leben konnte ... Jetzt, wo mir alles fremd vorkommt, ich nicht wie die andern sprechen kann und ihre Sitten vergessen habe ... Was soll ich tun? ... Ich schäme mich, wie ein Chamula gekleidet zu sein, und wenn ich es bin, finde ich mich häßlich ... Ich kann nicht ins Dorf gehen; ich spüre, daß sie mich scheel anschauen, daß sie über mich reden ...«
Mein Vater hatte gehört, was die Leute sagten, wenn sie mich sahen: »Schau, Juan ist zurückgekommen, es heißt, er hätte Leute umgebracht, er fühlt sich wie ein Weißer.« – Ich hatte keine Lust mehr, im Dorf zu bleiben, aber ich konnte auch nicht fortgehen. Und ich blieb im Haus, half bei der Arbeit und hörte meine

Mutter ihre Sprache sprechen. So verbrachte ich viele Tage bei ihr, als wäre ich ein Kind. Ich war glücklich beim Gedanken, wieder eine Mutter zu haben, und ich fühlte mich wieder zufrieden in der Nähe des Feuers, das in der Mitte des Hauses brannte.

Dann kam Fronleichnam. Meine Leute gingen alle ins Dorf; ich hatte keine Lust dazu und blieb zu Hause. Später kam das Fest der Jungfrau vom Rosenkranz, und ich ging auch nicht. Ich wollte nicht in den Kleidern der Chamulas gesehen werden, ohne ihre Sprache zu sprechen.

An Allerheiligen ging ich mit meinem Vater nach San Cristóbal, um einen großen Ballon Branntwein zu kaufen. Später war ich mit der ganzen Familie zusammen. Es war das erste Fest, an dem ich teilnahm. Mein Vater erklärte mir bei jeder Gelegenheit, was ich zu tun hatte. Die Vorbereitungen wurden so getroffen: In einer Kiste auf einem Wandregal wurde das Geschirr für die Nahrung der Seelen aufbewahrt; es blieb dort das ganze Jahr über verwahrt und wurde nur an diesem einen Tag herausgenommen. Nach dem Fest stellte man alles an die Sonne, damit nichts angraute, und später wurde es wieder in der Kiste aufgehoben. Aus dieser Kiste nahm man zuerst glasierte Tonteller, um darauf Suppe und Fleisch mit Kohl anzurichten, dann die Kürbisschalen für das bittere Atolli* und ein Tellerchen für das Salz.

Einer meiner Brüder ging ins Dorf, um die Glocke unseres Dorfviertels zu läuten und die Seelen zu rufen. Ich ging mit meinem Vater auf den Friedhof, wir säuberten die grasüberwucherten Gräber unserer Vorfahren und markierten einen Weg in Richtung unseres Hauses, damit sich die Seelen ja nicht verirrten, wenn sie dann der Opfergaben wegen kämen. Dieser schmale Weg, der beim Friedhof begann, endete mit einem Steinchen, das zum Hauseingang wies. »Hier, in diesem Haus«, sagte mein Vater, »starben meine Eltern und die Eltern meines Vaters, und die Seelen der Eltern meiner Mutter werden ins andere Haus gehen, denn dort haben sie gelebt und dort sind sie gestorben.« In jedem Haus stand ein Tisch mit dem Essen für die Seelen. Der Tisch für die Seelen unserer Verwandten war mit weiblichen Blumen, wilden Orchideen und Zyperngras geschmückt. Man legte jeder Seele zwei gekochte Fleischstücke in die Suppe mit Kohl, drei Maisbrötchen mit ganzen Bohnen gefüllt, drei Maisbrötchen mit Bohnenbrei gefüllt und eine Kürbisschale mit Atolli.

Alle halfen meiner Mutter, das Essen zuzubereiten und es auf den Tisch zu stellen.

Nur jene Seelen waren geladen, die meinen Eltern Güter hinterlassen hatten, jene, die nichts hinterlassen hatten, wurden nicht gerufen.

Meine Mutter rief die Seelen bei ihrem Namen: ihre Eltern, ihre Großeltern, die Eltern und Großeltern meines Vaters, und sagte ihnen: »Kommt und eßt, kommt und atmet den Wohlgeruch, kommt und spürt den Rauch eurer Mahlzeiten.« Nachts gingen sie zu den Häusern, wo andere Verwandte gestorben waren, und zündeten Kerzen an. Ich blieb im neuen Haus, wohin keine Seele kommen würde. Hier hatten wir

einen Ballon Branntwein. Meine Geschwister waren bei mir, und sie schliefen bald ein.
In allen Häusern brannten Kerzen, und bestimmt waren dort überall die Seelen versammelt, um ihre Verwandten zu besuchen. Nun kam mein Vater mit seinen Brüdern, Schwägern und Bekannten, um Branntwein zu trinken. Sie tranken ein Glas und begannen zu sprechen. Einer der Alten, der mit meinem Vater gekommen war, sagte: »Wie einsam ist Chultotic* geworden. – Die Mutter Chultotics heißt Chulmetic*. Der Vater Chultotics lebt nicht mehr, weder er noch seine Seele werden auf diese Erde zurückkommen. Lange ist es her, seit er gestorben ist, und die Jungfrau Chulmetic weinte sehr, als ihr Herr starb. Da sagte Chultotic, ihr Sohn: ›Weine nicht, Mutter, in drei Tagen wird mein Vater zurückkehren; wenn du aber weinst, wird er nie wieder kommen.‹ Chulmetic hörte nicht auf den Rat ihres Sohnes und weinte sehr, und der Vater kam nicht zurück.
Hätte unsere Mutter Chulmetic nicht geweint, könnten alle Männer und Frauen, die gestorben sind, am dritten Tage wiederkommen. Deshalb besucht Chultotic täglich im Olontic seinen Vater und all jene, die täglich sterben und nicht mehr zurückkehren. Doch heute gehen ihre Seelen aus, um ihre Verwandten zu besuchen.
Chultotics Vater ist der Richter über die Toten. Wer andere beraubt oder geschlagen hat, dem werden die Hände verbrannt; wer seinen Ehegatten betrogen hat, dem werden die Schamteile mit einem glühenden Eisen

verbrannt. Wer einen Mann oder eine Frau getötet hat, wird für die eigenen Fehler sowie für die Fehler des Ermordeten bestraft ...«

Sie tranken ein zweites Glas und gingen in ein anderes Haus, wo ebenfalls Nahrung für die Seelen bereit stand. Wie lange wurde für mich die Nacht!

Bei Tagesanbruch holten meine Brüder im Haus, wo sich die Seelen versammelt hatten, die Teller, und gegen Mittag verteilte man das Essen, das die Seelen zurückgelassen hatten.

Am dritten Tag ging ich sehr früh nach San Cristóbal, um beim Werber der Plantage El Escalón Geld zu borgen; man gab mir vierundfünfzig Pesos. Ich kehrte mit dem Geld nach Hause zurück, kaufte mir feste Sandalen und einen Hut. Meinem Vater gab ich davon neunundvierzig Pesos, damit er sie für mich aufbewahre, und sagte ihm:

»Wenn die Arbeit gut ist, behalten wir das Geld für uns; aber wenn die Arbeit schlecht ist, komme ich wieder, und wir geben das Geld zurück.«

Am fünften Tag machte ich mich auf den Weg zur Plantage. Der Aufseher, hoch zu Pferd, zeigte uns den Weg. Wir waren viele. Einige waren betrunken, andere hatten die Absicht zu flüchten, weil ihnen der Lohn zu gering war, einige mußten mit ihrer Arbeit die Schulden ihrer verstorbenen Eltern zurückbezahlen und andere die Schafe, die die Werber für sie beim Präsidenten von San Cristóbal bezahlt hatten, um sie aus dem Gefängnis freizukaufen. Drei liefen weg. Wir erreichten die Plantage. Die Arbeit war gut, und ich blieb, bis das Geld

abgearbeitet war. Ich blieb etwas länger als einen Monat, und als die Schuld getilgt war, ging ich wieder nach Hause.
Bei der Heimkehr stellte sich heraus, daß mein Vater nun im Dorf Chamula lebte; er war umgezogen und schon Erster Gouverneur. Er hatte die neunundvierzig Pesos für seinen neuen Posten ausgegeben und sich Mais, Fichtenholz und einen großen Ballon Branntwein gekauft.
Im Februar besuchte ich ihn in seinem Haus in Chamula:
»Bist du also doch noch gekommen?« sagte er mir.
»Ja, mein Väterchen.«
»Du siehst, man hat mich zum Gouverneur ernannt. Dein Geld habe ich aufgebraucht, als ich Mais kaufte, um hier im Dorf leben zu können; ich werde es dir später zurückgeben.«
Um das Dorf regieren zu können, um die Geschäfte der Leute zu erledigen, um Gerechtigkeit walten zu lassen, muß man jedesmal Branntwein trinken. Wenn sich die Behörde im Rathaus versammelte und der Präsident einen Schluck Branntwein nahm, tranken auch alle andern. Es war üblich, daß jeder, der um einen Rechtsspruch bat oder ein Vergehen verübt hatte, den Behörden ein oder zwei Liter Branntwein überbrachte. Der Präsident und die Behörden nahmen ihn entgegen. Um die Männer, die sich schlagen, zu versöhnen; um die Frauen von den Männern, mit denen sie gelebt haben, zu trennen; um das Land unter die Erben zu verteilen und das ungerechterweise verkaufte Land zurückzuge-

ben – bei jeder Gelegenheit wird Branntwein getrunken, alles endet im Rausch.
Gerechtigkeit wird überall geübt; im Rathaus, im Haus des Ersten Gouverneurs, auf dem Platz gegenüber der Kirche. Jede Behörde, die Streitende versöhnt, erhält als Entgelt Branntwein.
Als mein Vater Erster Gouverneur war, kamen die Kläger in sein Haus, wo auch der Bürgermeister und die Ratsherren eintrafen. Fand ein Urteil im Haus des Ersten Bürgermeisters statt, versammelten sich der Erste Gouverneur und die anderen Behörden dort. Jeder einzelne, der schuldig war, brachte ihnen Branntwein mit und sagte: »Sie sehen, wie schwer meine Tat ist, verzeihen Sie mir, ich werde es nicht mehr tun.« Sie erhielten eine oder zwei Flaschen Branntwein und tranken ihn aus. Etwas später kam ein anderer, man untersuchte sein Vergehen, die Behörden tadelten ihn, und es gab noch mehr Branntwein. Wieder andere kamen, die heiraten wollten, und man betrank sich noch mehr. Im Rathaus trafen Tag für Tag Branntweinfässer ein, die der Sekretär verkaufte, und täglich war mein Vater betrunken, aber jetzt hatte ich keine Angst vor ihm. Er sagte zu mir: »Hör, Juanito, such dir ein Mädchen aus, das dir gefällt; jetzt, wo wir im Dorf sind, jetzt, wo ich jemand bin ... und du sagst es mir, und dann werden wir um das Mädchen anhalten.«
»Ja«, sagte ich ihm, »aber das wird noch dauern, denn ich habe kein Geld.«
»Wenn du kein Geld hast, weil ich die neunundvierzig Pesos ausgegeben habe, die du mir überlassen hast,

verkaufen wir den Mais, den ich hier habe – das sind mehrere Zentner, die ich mit deinem Geld bezahlt habe.«

»Wenn es wirklich so ist ...«

Ich sagte ihm, welche Frau mir gefiel: eine, die in der Nähe meines Hauses wohnte und die ich mir täglich anschaute.

»Gut, wir werden um sie anhalten ... Gefällt sie dir?«

»Ja, sie gefällt mir, und sonst keine!«

»Ja, aber sie ist eine Tuluc*«, sagte er mir.

»Was macht das schon, im Spanischen heiße ich Jolote.«

Er sprach mit meiner Mutter, und sie sagten:

»Wir werden sehen, ob sie sie uns geben, weil Juanito nicht bei uns aufgewachsen ist und erst seit kurzem hier lebt.«

Sie gingen zu ihrem Haus mit einem Liter Branntwein und nahmen mich auch mit. Wir kamen zum Vaterhaus derjenigen, die ich für mich haben wollte, und sprachen:

»Guten Abend, Bruder!«

»Guten Abend, Bruder Gouverneur!«

»Guten Abend, Señora«, sagte meine Mutter.

»Guten Abend, Señora Gouverneur«, antwortete die Señora. »Wie geht es Ihnen? Bitte, kommen Sie herein. Womit können wir dienen? Suchen Sie etwas?«

Beim Eintreten boten sie ihnen einen Stuhl an:

»Was möchten Sie trinken?«

»Es handelt sich ... wir stören Sie Ihres Töchterchens wegen, mein Sohn Juan ist kürzlich zurückgekommen, er möchte eine Frau haben, er möchte so leben wie wir.«

»Aber er ist nicht hier aufgewachsen«, sagten sie. »Gut, sehen wir mal, ob er hält, was er verspricht. Wo ist Juan?«

Ich war draußen geblieben.

»Er ist draußen.«

»Er soll eintreten, damit wir mit ihm reden können.«

Ich trat an die Tür.

»Guten Abend, Juan, komm herein. Was willst du? Was brauchst du?«

Ich trat hinein und grüßte den Alten und die Mutter, und sie gaben mir einen Stuhl, und ich setzte mich.

»Sprich«, sagte der Alte zu mir, »was willst du? Stimmt das, was mir da dein Vater und deine Mutter sagen?«

»Sag, weshalb wir gekommen sind«, sagte mein Vater, »knie nieder!«

Ich kniete nieder und sagte:

»So ist es, Onkel und Tante; Ihr wißt, daß ich keine Frau habe, daß ich so sein möchte wie Ihr, die Ihr verheiratet seid; Eure Tochter gefällt mir und ich möchte sie heiraten.«

»Aber ... kannst du auch arbeiten? Denn die Frau braucht jemanden, der sie ernährt«, sagten die Alten.

»Ich? Ja, Señor, denn ich habe gesunde Arme und Hände, ich bin kein Krüppel.«

»Ja, aber es gibt hier auch andere Mädchen. Warum geht ihr nicht und haltet um diese, die Töchter von anderen, an? Da ist Petra Pérez Culish, die viel besser ist für dich«, sagte er mir.

»Sicher, mag sein, aber ich liebe sie nicht, ich liebe Dominga. Wenn ich sie nicht bekomme, sterbe ich. Sie sehen doch, daß mir die anderen nicht gefallen«, sagte ich, »nur mit Ihrer Tochter möchte ich leben, wenn sie meinen Wunsch und meine Liebe annimmt.«
»Aber siehst du nicht ein, daß du von weit her kommst, daß du nicht hier aufgewachsen bist und daß du vielleicht meine Tochter nur verführst, um sie dann zu verlassen und dorthin zurückzukehren, wo du groß geworden bist?«
»Nein, Señor«, sagte ich, »Gott sei mein Zeuge, ich komme zwar von weit her, aber, da ich nun einmal hier bin und wenn mich Ihre Tochter liebt, werden Sie sehen, wie ich Wort halte. Ich will in diesem Dorf leben und alles tun, wie ihr es tut.«
Sie sagten zu meinen Alten: »Wird es wohl wahr sein, was dieser Juanito da sagt?«
»Er sagt, daß es wahr ist«, antwortete mein Vater, »daß er hierbleiben wird, daß er nicht fortgeht.« Und meine Mutter unterstützte ihn: »Er sagt es mir jeden Tag: Ach, Mütterchen, ich sehe dieses Mädchen, das Dominga heißt, und möchte sie heiraten.«
Die Eltern sagten mir dann:
»Hör zu, Juanito, es ist Brauch hier, die Frau zu lieben, die arbeitet; Dominga kann nicht arbeiten, kann nicht weben; sie ist ein Mädchen, wie du siehst, das faul ist; wenn du einen Poncho willst, wird sie ihn dir nicht machen.«
»Das spielt keine Rolle, den Poncho, den ich will, den kann ich kaufen.«

»Also, was stimmt?« sagten sie von neuem.
»Es spielt keine Rolle; wenn Ihre Tochter faul ist, kann auch ich meinem Sohn Juanito die Ponchos machen«, sagte meine Mutter.
Ich wußte, daß sie arbeitete; mein Vater und meine Mutter hatten gesehen, wie sie Ponchos machte, um sie zu verkaufen, alle wußten, daß Dominga nicht faul war.
»Also«, sagten die Eltern Domingas, »wenn es so ist, dann erledigen wir die Sache ein andermal.«
»Es ist gut«, sagten meine Alten und gaben ihnen einen Liter Branntwein. Als sie den Liter Branntwein erhalten hatten, riefen sie: »Komm her, Dominga, wie oft hat Juan mit dir gesprochen?«
»Nein, Papa. Er hat nie mit mir gesprochen«, sagte sie.
»Sollte ich je erfahren, daß du irgendetwas mit Juan gehabt hast, schlage ich dich windelweich.«
»Nein, Papachen! Um Gottes Willen, er hat nie mit mir gesprochen. Wenn er mich sieht, sagt er nur: ›Adiós, Dominga‹, aber ich halte mich nicht auf, um mit ihm zu sprechen.«
»Und nun ist er gekommen, um zu sagen, daß er dich heiraten möchte, der Juan. Liebst du ihn? Gefällt er dir, möchtest du ihn heiraten? Wenn nicht, sag mir die Wahrheit.«
»Ich weiß nicht, wovon ihr redet ...«
»Nun«, sagte der Vater, »ich habe den Liter Branntwein schon bekommen, also wirst du ihn heiraten. Geh ins Haus deiner Schwiegermutter und schau zu, wie sie sich

benehmen; wenn sie sich schlecht benehmen, kommst du wieder zurück. Aber nicht gleich, sondern ... sondern in einem Monat, weil wir mit deinen Onkeln und Tanten noch reden müssen, um zu erfahren, wie sie sich benehmen.«

»Gut, Papa.«

»Deshalb habe ich dich gerufen, geh wieder an deine Arbeit«, sagte der Alte.

Sie tranken den Branntwein, den ich ihnen eingeschenkt hatte: zuerst dem Vater des Mädchens, dann meinem Vater, dann der Mutter des Mädchens, dann meiner Mutter und zuletzt mir.

Als der Liter Branntwein getrunken war, sagte Domingas Vater: »So, komm mit ihnen wieder zurück, ich werde da sein.«

Wir verabschiedeten uns und kehrten nach Hause zurück.

Fünf Tage später gingen wir wieder hin, um zu erfahren, was sie dachten; und zu erfahren, was die Onkel und Tanten über uns gesagt hatten. »Wir sind einverstanden«, sagten sie, »wenn er hält, was er versprochen hat, wenn er im Dorf arbeitet, geben wir ihm das Mädchen.«

Diesmal hatten wir zwei Liter Branntwein mitgebracht, denn ich wußte schon, daß sie sie mir geben würden.

Als sie den Branntwein bereits bekommen hatten, sagten sie mir: »Warte noch einen Monat; glaube nicht etwa, du könntest deine Frau schon mitnehmen.«

»Also gut«, sagten wir.

Dann tranken wir den Branntwein, und als er zu Ende war, kehrten wir nach Hause zurück. Dort sagte mein Vater zu mir:
»Das Mädchen bekommst du sicher. Da wir aber das Geld nicht haben, verkaufen wir den Mais.«
»Hören Sie, Vater, es ist nicht notwendig, daß wir den Mais verkaufen; es ist besser, ich gehe wieder auf die Plantage.« Und ich ging wieder nach San Cristóbal und lieh mir beim Werber Geld aus. Sie gaben mir vierundfünfzig Pesos für eine Arbeit von drei Monaten. Ich hatte das Geld schon in den Händen und wartete nur noch den Tag ab, den die Schwiegereltern für die Heirat bestimmt hatten.
Der Tag kam, und ich fing an, die Geschenke auszusuchen: für einen Peso fünfzig kaufte ich Bananen; Orangen für einen Peso; zwei Rohzuckerhüte; für sechs Pesos Brot; für vier Pesos Fleisch; einen großen Ballon Branntwein, für den ich acht Pesos bezahlte, und vier Schachteln Zigarren.
Zur Überreichung der Geschenke rief ich meinen Bruder Mateo, mein Brüderchen Manuel, meinen Schwager Marcos López y Ventana und ihre Frauen, die halfen, den Brotkorb zu tragen. Meine Eltern waren auch dabei, und ich lud mir den großen Branntweinballon auf. Wir erreichten das Haus um sechs Uhr abends. Als wir eintrafen, begrüßten uns die Alten und würdigten die mitgebrachten Geschenke. Der Vater von Dominga zählte alles auf: all die Dinge, die ich gebracht hatte; ein Onkel und seine Frau halfen ihm dabei. Sie erkundigten sich, wieviel jedes Ding gekostet habe, und nach dem

Preis des Ganzen. Als sie erfuhren, daß ich so viel Geld ausgegeben hatte, füllten sie den Branntwein ab aus dem Ballon. Zuerst zwei Liter, dann eine Dreiviertelliterflasche. Erst als sie meine Ausgaben zusammengerechnet und den Branntwein in den Flaschen hatten, sagten sie uns: »Kommt herein und setzt euch.«
Ich trug einen schwarzen Poncho, ein Hemd, eine Hose und neue Sandalen.
Man setzte sich zu Tisch, und das vorbereitete Nachtessen begann. Nach dem ersten Bissen sagten sie zu mir: »Nun, Juan, schenk uns ein Glas ein.«
Und ich schenkte jedem, der im Haus war, ein Glas ein.
Dominga hatte einen Unterrock und einen neuen Huipil* an, war frisch gekämmt und frisch gebadet.
Nach der Mahlzeit verabschiedeten sich meine Verwandten, kehrten in ihre Häuser zurück und ließen mich allein, mit der Empfehlung, mich nicht zu betrinken und den ganzen Branntwein, den sie mir gegeben hatten, gut aufzubewahren. Und meinem Schwiegervater sagten sie:
»Verleite unseren Juan nicht zum Saufen.«
Mein Vater zeigte mir, wie der Branntwein einzuschenken sei, und sagte mir, am nächsten Tag solle ich in aller Frühe ins Gebirge gehen und Brennholz holen. Im Haus blieben die Alten, die Großeltern, die Onkel und die Brüder meiner Frau, und mit ihnen blieb auch ich.
Sie verlangten mehr Branntwein. Die Gläser waren nun viel größer, und es gab ein Glas für jeden Mann. Mir gaben sie mein Glas, und mein Schwiegervater sagte:

»Behalte es, denn wenn ich betrunken bin, mußt du auf mich achtgeben, damit ich mich nicht brenne.«

Dominga war in einer Ecke sitzen geblieben; wenn ich ihr ein Glas einschenkte, goß sie es in ihre Flasche um und sagte mir: »Trink nicht mehr und gib auf unseren Vater acht.«

»Weder du trinkst, noch ich trinke«, antwortete ich ihr.

Sie hielt das brennende Harz in ihren Händen, und jedesmal, wenn das Feuer auszugehen drohte, stand sie auf, um Holz ins Feuer zu legen, dann ging sie wieder in ihre Ecke. Ich saß da, die Flasche zwischen den Beinen, schaute zu, was die andern machten, und hörte zu, was alle sagten.

»Hör zu, Juan«, sagte mir mein Schwiegervater, »schenk mir noch ein, ich habe Lust zu trinken; wenn du mir nicht mehr einschenkst, weiß ich nicht, wozu du den großen Ballon mitgebracht hast.«

»Ja, Vater, nehmen Sie«, und ich füllte sein Glas.

Im Haus waren Salvador Hernández Lampoy, der Bruder meiner Schwiegermutter; Domingo Heredia Mokojol, der Bruder meiner Frau, und meine Schwäger Pascual Pérez Unintuluk, Andrés Pérez Unintuluk und Agustín Pérez Unintuluk. Jeder von ihnen war mit seiner Frau gekommen, und allen schenkte ich ein. Die Frauen tranken nicht mehr. Den Branntwein, den sie bekamen, bewahrten sie auf, um nicht betrunken zu werden und um ihn am nächsten Tag ihren Männern anzubieten.

Zwischen zwei Schlucken hörte man zuweilen meinen Schwiegervater mit den anderen schwatzen.

»Schau mal, wie unsere Tochter geheiratet hat, wollen sehen, ob er seine Versprechen hält, unser Schwiegersohn.«

Das Gespräch war nicht mehr ganz verständlich, und während sie sich noch unterhielten, fielen sie einer nach dem anderen um und schnarchten. Die nüchternen Frauen behielten ihre tief schlafenden Männer im Auge.

Meine Schwiegermutter rief mich zu sich und sagte: »Falls dein Schwiegervater mehr Branntwein verlangt, sagen wir ihm, daß er aus ist, daß der Ballon leer ist, selbst wenn noch welcher drin ist; wir bewahren ihn auf, dann können sie morgen noch etwas haben.«

Als mein Schwiegervater zu sich kam, sagte er mir: »Hör zu, Juan, mein Söhnchen ... gib mir noch einen Schluck.«

»Woher soll er noch mehr holen«, sagte meine Schwiegermutter, »der Ballon ist leer.«

»Ach so, es ist keiner mehr da ... dann gehe ich schlafen.« Und er schnarchte weiter.

Dann sagte meine Schwiegermutter zu mir: »Bleib sitzen und paß auf, daß er nichts mehr bekommt.«

Dominga saß in der Ecke und hielt das brennende Harz in den Händen. Das Grüppchen der Frauen, ihre Tanten und Großmütter, waren in ihrer Nähe, und ich war auf der anderen Seite bei den Männern.

Als der Tag anbrach, sagte ich meinen Schwiegereltern: »Bleibt da, ich werde ein Bündel Brennholz holen.«

»Gut, mein Sohn, geh ein Bündel Brennholz holen, wir werden vorbereiten, was du uns gebracht hast.«

Und sie mahlten den Mais, bereiteten die Tortillas zu und kochten, was ich gebracht hatte. Ich kam bald mit meinem Bündel Brennholz zurück. Mein Schwiegervater war schon wach und fragte nach mir.
»Wo ist Juan? Wo steckt mein Sohn?«
»Er ist Brennholz holen gegangen, warte ein wenig.«
Das Mittagessen stand schon bereit; sie hatten das frische Fleisch, das ich mitgebracht hatte, gekocht, Kohl beigegeben, und sie hatten Kaffee gemacht, um ihn nach dem Mittagessen mit Brot zu trinken.
Als ich eintraf, sagte mein Schwiegervater zu mir:
»Endlich bist du zurück, mein Junge.«
»Ja, Papachen.«
»Hast du Brennholz geholt?«
»Ja, Señor.«
»Den Branntwein, den du gestern gebracht, hast du ihn aufbewahrt?«
»Ja, mein Papachen, ich habe ihn aufbewahrt. Wollen Sie noch einen Schluck?«
»Ja, mein Söhnchen, deshalb habe ich auf dich gewartet.«
»Sehr gerne schenke ich Ihnen ein.«
»Schenk mir ein Glas ein, damit wir essen können.«
Er sagte mir, ich solle all den Männern, die herumsaßen, einschenken, und den Frauen sagte er:
»Tragt das Mittagessen auf, während ich mein Glas trinke.«
Ich schenkte jedem Mann ein Glas ein. Nachdem sie getrunken hatten, bereitete meine Frau eine Waschschüssel vor und brachte jedem einzelnen Mann Was-

ser, damit er sich waschen konnte. Dann teilte meine Frau das Essen aus; zuerst meinem Schwiegervater, dann den Männern und zuletzt den Frauen seiner Verwandten. Nun wurden die Tortillas gebracht, die alle zusammen zubereitet hatten, und der Teller mit Salz. Meine Schwiegermutter sagte nun zu meiner Frau: »Schau, Töchterchen, der Branntweinballon, den mein Sohn gebracht hat, ist leer; hier ist noch etwas übriggeblieben, schenk ihn aus, wenn es noch reicht.«
Wir schütteten den Branntwein, den sie nicht getrunken hatten, zusammen, was drei Liter ergab. Dann schenkte ihn meine Schwiegermutter aus, damit er zur Mahlzeit getrunken werden konnte.
Vor dem Essen sagte mein Schwiegervater: »Freunde, wir wollen uns mit einem Mittagessen stärken, damit ihr nach Hause zurückkehren könnt; alle habt ihr gesehen, wie ich meinen Schwiegersohn aufgenommen habe.«
Und jeder antwortete: »Sehr gut«, »Ja Onkel«, »Ja Bruder«, »Ja ältester Bruder, wir haben alle gesehen, wie deine Tochter übergeben wurde.«
»Wir werden sehen, ob Juan, unser Sohn, sein Wort hält«, sagte er seiner Frau. »Wenn er unsere Tochter gut behandelt, ist es gut; falls sie sich einmal zerstreiten und deine Tochter wegen Juan zurückkommt, dann soll er die Hoffnung begraben, daß ich ihm das Geld zurückerstatte, das er ausgegeben hat.«
Dann sagte er zu mir: »Du hast gehört, was wir vor allen gesagt haben. Erwarte nicht, daß wir das Geld zurückgeben, falls du eines Tages meine Tochter

schlagen solltest; du weißt, was wir abgemacht haben.«
»Seien Sie unbesorgt, Papachen; seien Sie unbesorgt, Mütterchen.« Ich verneigte mich vor ihnen und vor allen anderen Verwandten, damit sie mit der Hand meine Stirn berühren konnten. Sie taten es und erkannten so meine Ergebenheit an.
Die Eingeladenen aßen zu Mittag, gaben die Teller zurück und gingen. Ich war der einzige, der im Hause blieb mit meiner Frau und den Alten.
Als wir allein waren, sagte der Schwiegervater zu mir: »Wir gehen arbeiten.«
Am ersten Tag bearbeiteten wir mit der Hacke die Erde, um den Mais auszusäen, und am Mittag kehrten wir wieder nach Hause zurück, um Maisschnaps zu trinken.
»Bist du da?« sagte Dominga.
»Geh, schlag den Maisschnaps, wir werden ihn gleich trinken.«
Zuerst trank mein Schwiegervater, und meine Schwiegermutter sagte zu meiner Frau: »Schlag nun den Maisschnaps für deinen Mann.«
Sie gehorchte, und ich trank davon. Dann gingen wir wieder an die Arbeit, bis Essenszeit war, und zur Essenszeit kehrten wir zurück und aßen Fleisch mit Kohl und Süßkartoffeln.
Nach dem Essen gingen wir ins Gebirge, um Brennholz zu holen, und nach der Rückkehr sagte mir der Schwiegervater: »Geh, ruh dich aus; wenn du deinen Vater oder deine Mutter besuchen willst, geh.«

Ich besuchte meine Eltern.
»Wie ist es dir ergangen?« fragten sie mich. »Habt ihr euch nicht gezankt?«
»Hast du geschlafen?«
»Nein, wir haben fast die ganze Nacht sitzend verbracht.«
»Gut«, sagte mein Vater. »Nun, geh hin, um nachzusehen, woran ihr morgen arbeiten wollt; mal sehen, wann sie dich mit deiner Frau zu uns schicken ... was immer dein Schwiegervater dir sagt, gehorche.«
»Gut, Papa.«
Ich kam wieder zurück, etwas spät, und grüßte: »Guten Abend, Schwiegervater; guten Abend, Schwiegermutter.«
»Guten Abend, mein Sohn, komm herein und wärme dich.«
Ich setzte mich ans Feuer bis zum Abendessen.
Nach dem Essen sagte mein Schwiegervater zu mir:
»Gehen wir schlafen, morgen müssen wir früh aufstehen, um ein Bündel Brennholz zu holen.«
Dann sagte er zu Dominga:
»Mach deinem Mann das Bett und legt euch beide zum Schlafen hin.«
Wir schliefen in einem Bett, das sich mein Schwiegervater bei seiner Schwester ausgeliehen hatte. Meine Frau brachte die zwei wollenen Bettdecken, die sie für die Hochzeitsnacht gewoben hatte, und drei neue Ponchos, um uns zuzudecken. Ich legte mich hin mit meiner Hose und meinem Hemd und sie mit ihrem Unterrock und ihrem Huipil, aber sie löste ihren Gürtel. Im Bett

begann ich sie zu streicheln und sagte zu ihr: »Liebst du mich, wie ich dich liebe?«
»Ja, ich liebe dich.«
Dann streichelte ich ihre Brüste und sagte zu ihr: »Gib es mir ...«
»Nein, meine Eltern sind noch wach.«
»Und? Sie haben es auch gemacht, als sie zusammenkamen.«
»Ja, aber jetzt nicht.«
Ich war erschöpft und hatte keine große Lust. Zudem hatte ich Angst, daß die Eltern noch wach waren. Und ich streichelte sie und schlief dabei ein. Dominga erwachte als erste; ich spürte es an der Bewegung, die sie beim Aufstehen machte.
»Stehst du schon auf?«
»Ja«, sagte sie, »meine Mutter ist schon wach; bald wird es Tag sein.«
Die Alten redeten miteinander. Sie stand auf und begann den Mais zu waschen, der nachts, während wir schliefen, gekocht hatte.
Die Alte stand auch auf und wusch die Steinplatte. Meine Frau hatte bereits das Feuer entfacht. Nun stand ich auf und der Alte ebenfalls. Wir nahmen unsere Äxte und gingen ins Gebirge, um Brennholz zu holen.
Unterwegs sagte mir der Schwiegervater: »Als ich mit deiner Schwiegermutter zusammenspannte, ging ich auch Brennholz holen. Ihr müßt euch daran gewöhnen, früh aufzustehen, damit ihr mit der Zeit Geld zusammensparen und Tiere kaufen könnt, weil wir sehr arm sind. Wenn sie nicht früh aufstehen will, wecke sie, und

wenn sie nicht will, kommst du zu mir, damit ich ihr sagen kann, daß sie früher aufstehen muß. Ich möchte dich nicht vier oder mehr Tage aufhalten; heute nachmittag gehst du mit deiner Frau nach Hause. Es gibt Schwiegerväter, die behalten ihre Schwiegersöhne acht Tage«, fuhr er fort, »aber mir nützt das nichts. Heute gehst du mit deiner Frau nach Hause.«

Ich war froh, nach Hause gehen zu können, um mit meiner Frau zu schlafen.

Als wir mit dem Holz zurückkehrten, stand das Mittagessen bereit, und wir aßen. Dann gingen wir mit der Hacke, um die Erde aufzulockern; zwischen zehn und elf Uhr tranken wir den Maisschnaps, und um ein Uhr aßen wir. Dann arbeiteten wir bis vier Uhr nachmittags und kehrten zum Abendessen nach Hause zurück. Wir aßen sehr früh zu Abend, weil ich mit meiner Frau nach Hause wollte. Nach dem Essen sagte mein Schwiegervater zu meiner Schwiegermutter: »Hör zu, Alte, jetzt wird unser Sohn Juan gehen, wir wollen ihn nicht zurückhalten; es ist besser, wenn er jetzt mit seiner Frau geht und bei seinem Vater arbeitet.«

Dann sagte er zu meiner Frau: »Du, Dominga, pack alles ein, was du hast: deine Ponchos, die wollene Bettdecke ..., deine Wäsche.«

Wir verabschiedeten uns von den Alten.

Als wir zu Hause eintrafen, grüßten wir:

»Guten Abend, Vater. Guten Abend, Mutter.«

»Wohin gehst du?«

»Ich bin hierhergekommen, wie es mein Schwiegervater gesagt hat.«

Dann grüßte meine Frau: »Guten Abend, Schwiegervater. Guten Abend, Schwiegermutter.«
»Tretet ein.«
Wir traten ein, und weil ich hier schon ein Bett hatte, legte sie ihre Ponchos auf mein Bett, nachdem meine Mutter ihr gesagt hatte: »Dort ist das Bett deines Mannes; mach es.«
Auch ich hatte zwei wollene Bettdecken und meine Überwürfe, meine Strohmatte und mein Kopfkissen. Sie machte das Bett. Da meine Eltern noch nicht gegessen hatten, sagten sie: »Kommt und eßt.«
»Wir haben schon gegessen; wir werden morgen hier essen.«
»Dann geht schlafen. Was wollt ihr sonst noch machen, wenn ihr nicht essen wollt!«
Wir legten uns schlafen. Wir zogen uns aus; diesmal schliefen wir doch nackt. Sie zog sich ganz aus, ohne daß ich etwas sagen mußte. Wir deckten uns zu. Sie streichelte mich und ich streichelte sie auch.
Meine Eltern hatten fertiggegessen, bereiteten ihr Nachtlager vor und legten sich schlafen.
»Schlaft gut, wir wünschen eine gute Nacht«, sagten die Alten.
»Gute Nacht«, antworteten wir.
Und sie löschten das Licht aus.
Ich sagte nichts zu Dominga, sie ließ es geschehen, sie gab sich hin, wortlos; wir machten es langsam ... um keinen Lärm zu machen, um die Alten nicht aufzuwekken. Ich hatte sie dreimal diese Nacht, einmal jede Stunde.

Früh weckte ich sie und sagte zu ihr:
»Es wird Tag.«
Meine Mutter sagte zu Dominga: »Wird es schon Tag?«
»Ja«, sagte sie, »ich stehe gleich auf.«
Sie standen auf, und auch eine meiner Schwestern, und sie begannen, den Mais zu mahlen.
Als der Tag hell war, sagte uns meine Mutter: »Steht auf, es ist Tag.«
Wir standen auf, mein Vater und ich, wir aßen, ohne Brennholz holen zu müssen, weil wir schon welches im Haus hatten. Nach dem Mittagessen gingen wir auf das Maisfeld.
Vier Tage verbrachte ich im Haus meines Vaters und half ihm bei der Arbeit. Dann bereitete ich meine Reise vor und zog auf die Plantage von Escalón, um das Geld zurückzuzahlen, das ich mir für die Heirat ausgeliehen hatte.
Am Tag meiner Abreise sagte ich meiner Frau: »Ich muß das Geld zurückgeben, das ich schuldig bin und verlangt habe, um die Geschenke zu kaufen, die ich für dich gegeben habe. Mach mir ungefähr zwanzig Tortillas, nicht mehr, weil ich unterwegs Tortillas kaufen werde.«
»Mehr brauchst du nicht?«
»Nein. Du wirst bleiben, hier bei meinen Eltern; wenn du aber deine Eltern besuchen willst, dann geh; wenn du bei ihnen schlafen willst, geh; da ich nicht hier sein werde, ist es gut, wenn du es tust.«
Sie bereitete mir genügend Tortillas vor für die Reise.

Am Tag meiner Abreise sagte ich zu ihr: »Hier überlasse ich dir zwanzig Pesos, damit kannst du kaufen, was du willst.«
Aber sie sagte zu mir: »Besser ist es, wenn du sie deiner Mutter anvertraust.«
»Warum soll ich sie meiner Mutter anvertrauen, wenn ich eine Frau habe?«
»Wird sie nicht böse sein?«
»Nein, nimm sie.«
Dann nahm sie das Geld, und ich sagte meiner Mutter: »Hör zu, ich werde meiner Frau zwanzig Pesos hierlassen, damit sie kaufen kann, was sie will: Früchte ... was ihr eßt oder was sie will.«
»Gut so, laß ihr das Geld hier. Hättest du keine Frau, hättest du es mir gegeben, da du aber nun eine Frau hast, laß das Geld bei ihr.«
Am nächsten Tag, als es hell wurde, machte ich mich auf den Weg zur Plantage. Ich brauchte vier Tage, und als ich eintraf, gaben sie mir Werkzeuge für die Arbeit. Ich arbeitete einen Tag auf dem Feld, dann mit dem Maurer im Innenhof, wo der Kaffee getrocknet wird. Ich blieb dort, bis ich die vierundfünfzig Pesos verdient hatte, die ich damals brauchte, um meine Frau zu heiraten.
Als ich die Plantage verließ, hatte ich meine Schulden bezahlt, und außerdem fünfzehn Pesos hinzuverdient. Ich leistete mir einen Zentner Chilipfeffer, den halben Zentner zu fünfzig Centavos.
Am 25. Dezember kam ich nach Hause. Meine Frau war nicht da, sie war zu ihren Eltern gegangen. Als ich nach ihr fragte, sagte meine Mutter zu mir:

»Sie ist bei ihren Eltern zu Hause, dort schläft sie; sie ist nur tagsüber hier.«
Kaum war ich zurück, erfuhr sie es, und kam, um mich wiederzusehen.
»So, bist du schon da?«
»Ja, soeben gekommen.«
»Ich ... ich bin zu meinen Eltern gegangen, weil ich hier nicht schlafen kann, wenn du nicht da bist.«
»Schon gut«, sagte ich ihr, »es ist richtig, wie du es gemacht hast, ich sag ja nichts.«
»Willst du Maisschnaps?«
»Ja.«
Sie schlug den Maisschnaps mit den Händen und gab ihn mir. Ich war sehr müde von der Reise und wollte schlafen. Sie machte das Bett, und ich legte mich hin, um mich auszuruhen. Sie ließen mich allein im Haus zurück. Sie traten in den Hof hinaus, um zu spinnen und zu weben. Ich schlief den ganzen Tag. Als es dunkel wurde, weckten sie mich zum Abendessen; aber ich wollte nicht essen:
»Eßt allein«, sagte ich zu ihnen, »ich will schlafen.«
Nach dem Abendessen gingen sie schlafen. Sie kam an mein Bett und legte sich hin, um mit mir zu schlafen. Sie zog sich aus, schmiegte sich an meinen Körper und streichelte mich. Ich war immer noch sehr müde, es störte mich, und ich sagte zu ihr: »Laß mich, ich bin schläfrig.«
Da wurde sie ganz still, und ich schlief ein.
Im Morgengrauen verschwand mein Schlaf, ich weckte sie zärtlich, und wir liebten einander.

Der Tag brach an, und wir standen auf; nach dem Mittagessen ging ich mit meinem Vater Brennholz holen. Den Rest des Tages verbrachte ich damit, nachzusehen, was ich besaß. Auf meinem Landstück arbeiteten vier Verwandte, die mit uns zu Hause aßen. Den Verwandten, die mithelfen, zahlen wir nichts, wir geben ihnen nur das Essen, denn, wenn sie einmal Hilfe brauchen, müssen auch wir auf ihren Feldern arbeiten.

Mein Vater zeigte mir, wie man den Mais sät, bevor der große Regen kommt. Man bohrt kleine Löcher in die Erde, füllt sie mit Mist und begießt sie drei Tage lang mit ein klein wenig Wasser. Und wenn die Regenzeit kommt, sprießt der Mais bereits und wächst von selbst.

Ich fühlte mich im Dorf glücklich. Und jetzt fällt mir eben ein, daß ich eines Nachts träumte – damals war ich noch auf der Plantage –, in schwarze Ponchos gehüllte Männer hätten mir einen Koffer zum Tragen gegeben. Ich erzählte diesen Traum meinem Vater und er sagte: »Dein Traum bedeutet, daß sie dir ein Amt geben werden.«

Einmal, als ich mit meiner Frau plauderte, sagte ich zu ihr: »Ich möchte mit meinen Kameraden leben, die in der Behörde sind. Ich werde mich um den Posten eines Amtsgehilfen bewerben.«

»Bewerbe dich«, antwortete sie, »du bist ein Mann, der gerne unterwegs ist, und ich bin lieber zu Hause. Falls sie dir ein Amt geben und wir dem Volk gedient haben, werden wir später wie ehemalige Amtsgehilfen leben.«

Ich war sehr zufrieden, daß sie einverstanden war; denn ich wollte ein Amt, und die, die dem Volk dienen, sind angesehen. Ich hatte oft zugehört, wie jene begrüßt wurden, die eine Amtsstelle innehatten: »Adiós, ehemaliger Bürgermeister«, »Adiós, ehemaliger Leutnant«, »Adiós, ehemaliger Ministerialrat«, alles Namen, die Ehrfurcht einflößen.

Ich hatte bemerkt, wie die Behörden oft jemandem ein Amt mit Gewalt aufzwangen. Manchmal verwahrten sich die Gewählten davor, den Eid abzulegen, entkamen den Händen der Bürgermeister und Amtsgehilfen und ergriffen die Flucht. Dann wurden sie verfolgt und gezwungen, das Amt anzunehmen und den Eid im Dorfviertel am Fuß des Kreuzes zu schwören. Daraufhin zeigten sie sich wieder und waren froh, daß man sie zu Amtspersonen ernannt hatte. Und das ist mehr wert!

Ich wünschte mir, daß meine Freunde und Verwandten mich dagegen verteidigten, wenn sie mich zum Eidschwur brächten, damit alle wüßten, daß ich nun eine Autoritätsperson geworden war.

Ich weiß, es gibt Kameraden, die kein Amt haben können, weil sie keinen Mais besitzen, um im Dorf zu leben. Einmal sah ich die Bürgermeister und die Amtsgehilfen mit einem meiner Kameraden; sie stießen ihn vor sich her, damit er schwöre, denn sie wollten ihm ein Amt übergeben. Er sagte, er habe keinen Mais, er könne sich nicht ernähren; er wehrte sich und es gelang ihm zu entkommen, und die Behörden verfolgten ihn. Ich mischte mich ein, um ihn zu verteidigen, damit man ihm

das Amt nicht gäbe, und als er entwischte, packten die anderen mich und sagten: »Schaut ... dieser ist gut als Amtsgehilfe.« Sie führten mich zum Kreuz, um den Amtseid zu leisten, um mir das Amt eines Ersten Amtsgehilfen zu übertragen. Beim Schwur sagten sie mir: »Du wirst es annehmen, Erster Amtsgehilfe zu werden. Probeweise. Du mußt bis zu den Marksteinen unseres Dorfes gehen, bis zu den Grenzen, die San Juan teilen. Amtsgehilfe sein, das kostet nichts; aber wenn du mehr arbeiten willst für das Dorf, gibt es auch andere Ämter, wenn du erst einmal Erster Amtsgehilfe bist.«
Ich antwortete: »Ja, Señor, ich will Amtsgehilfe werden! Dafür bin ich ein Mann geworden; deshalb bin ich bis zu den Füßen von San Juan gekommen, um meinem Dorf zu dienen.«
Sie gaben mir einen Schluck Branntwein und brachten mich ins Haus des Ersten Bürgermeisters.
»Hier ist dieser Juan Pérez Jolote, der Amtsgehilfe sein will.«
»Wo ist er?« sagte der Erste Bürgermeister.
»Hier steht er.«
Der Erste Bürgermeister sah mich an und sagte: »So! ... Gut. Dieser ist gut als Erster Amtsgehilfe.«
Sie reichten zwei Branntweinflaschen herum, und wir tranken sie aus. Sie gaben mir meinen Amtsstab, und ich ging nach Hause.
»Bist du da, Dominga?«
»Ja.«
»Diesmal habe ich das gefunden, was ich wollte.«
»Was?«

»Erster Amtsgehilfe! Wir werden Erster Amtsgehilfe sein!«

»Wie wirst du es anstellen, wenn du von der Plantage kein Geld hast?«

»Wie soll ich es ändern? Nun habe ich den Stab; ich habe am Fuß des Kreuzes geschworen. Wie soll ich es ändern?«

Ich sagte meinem Vater: »Ich weiß nicht, was ich tun muß, jetzt, wo ich ein Amt habe.«

»Man muß nichts tun«, antwortete mein Vater. »Du mußt nur dein Brennholz schneiden, um im Dorf leben zu können. Wir werden deine Verwandten, meine Brüder und Schwäger, schon benachrichtigen, damit sie dir helfen.«

Als meine Verwandten erfuhren, daß das Amt bei einer Behörde für mich in Aussicht stand, kamen sie alle und halfen mir, mein Brennholz zu schneiden, dann begleiteten sie mich zum Haus des Ersten Amtsgehilfen. Dieser sagte mir, was ich zu tun hatte und was es mich kostete, dann brachte ich ihm Branntwein.

Am letzten Tag des Jahres war mein Holz dürr, und meine Verwandten brachten es in das Haus des Dorfes, das mein Vater bewohnte, als er noch Erster Gouverneur war.

Am 30. Dezember weihte ich meine neue Bekleidung ein, die Sandalen, einen Poncho, ein Hemd, Hosen und ein Taschentuch für den Kopf.

Zum Fest müssen die Stäbe sauber sein. Die Stäbe der Amtspersonen wurden im Haus des Ersten Bürgermeisters des Viertels gewaschen und dann denen überge-

ben, die das Amt bekamen. Mit lauwarmem Wasser entfernten sie den Schmutz und den Schweiß am Silberschaft.
Sie sammelten all die Stäbe der Amtspersonen meines Viertels, stellten eine große Kürbisflasche auf einen Tisch und stellten die sauberen Stäbe hinein.
Jeder Bürgermeister, jeder Ratsherr in Begleitung seiner Frau mußte einen Viertel Liter Branntwein mitbringen.
Die Amtsschreiber sind beauftragt, die Stäbe der Würdenträger zu waschen. Sie gossen den Branntwein in die Kürbisflasche, in der die Spitzen der Stäbe steckten, und warfen Blumen und zerriebene Kamillenblütenzweige hinein, damit der Branntwein den Duft und den Geschmack der Blumen erhielt. Die Amtsschreiber nahmen die Stäbe, einen nach dem andern: zuerst den des Ersten Bürgermeisters, dann den des Zweiten Bürgermeisters ..., reinigten den Silberschaft mit Salz, dieses fiel in die Kürbisflasche, dann nahmen sie einen Kamillenblütenzweig aus der Flasche und rieben damit den Stab vom Schaft bis zur Spitze. Nachdem sie dieses Verfahren auf alle Stäbe angewandt hatten, tranken sie den Branntwein, der für das Reinigen der Stäbe gebraucht worden war: Zuerst tranken die vier Bürgermeister, anschließend die Ratsherren, dann die Frauen der Bürgermeister und der Ratsherren; dann tranken die Amtsschreiber und zuletzt die Angehörigen der Amtspersonen.
Ein Amtsschreiber nahm einen sauberen und nach Kamillenblütenzweigen riechenden Stab, legte ihn in die Hand des Ersten Bürgermeisters und sagte:

»Euer Stab ist schon gewaschen, nehmen Sie ihn, damit Sie ihn überallhin mitnehmen, damit San Juan geachtet werde, damit Sie über ihr Volk, über ihr Dorf wachen.«
Der Bürgermeister nahm ihn und sagte: »Kleiner Stab von San Juan, du hast schon gebadet; jetzt hilf mir in meinem Amt und behüte mich, meine Familie, meine Eltern, meine Kinder, meine Frau. Begleite mich auf allen Wegen ...«
Die Amtsschreiber übergaben die Stäbe allen Behördenmitgliedern; sie nahmen ihn entgegen und wiederholten, was der Erste Bürgermeister gesagt hatte. Jede Amtsperson bot ihren Stab den Anwesenden und allen, die mit einem Amt betraut wurden, zum Kuß.
Ich hatte meinen Stab zu Hause gewaschen, mit meiner Frau und mit meinem Vater, weil die Amtsgehilfen ihre Stäbe gesondert waschen.
Am 31. Dezember werden die Ämter übergeben. Die maßgeblichen Personen waren, ehe die Sonne aufging, schon auf dem Platz. Die Amtsgehilfen banden ihre Stäbe zu einem Bund zusammen und legten sie vor die Beamten. Diese standen da, geschmückt mit ihren schwarzen Ponchos, mit ihren Stäben unterm Arm und den mit farbigen Bändern verzierten Hüten auf dem Kopf.
Jede Amtsperson machte sich in Begleitung ihrer Leute auf den Weg zum Schwursaal. Hier, auf einen Tisch, legten sie Zyperngras, darauf Taschentücher und auf die Taschentücher die Amtsstäbe. Der Präsident, der das Amt niederlegen wollte, stellte sich hinter den Tisch

und befahl seinen Leuten, ins Haus des neugewählten Präsidenten zu gehen. Dann gingen alle ins Haus des neuen Präsidenten, jeder mit seinem Stab. Sie kamen an, knieten vor seinem Haus nieder und sprachen ihn an: »Kommen Sie, Väterchen; kommen Sie, Mütterchen, der Tag ist da, an dem wir wechseln müssen, an dem wir das Amt niederlegen, bei dem uns Gott geholfen hat; denn nichts Schlimmes ist dieses Jahr geschehen, und wir werden Ihnen den Stab und den Eid weitergeben.«

Sie erhoben sich, näherten sich noch mehr und knieten wieder nieder, um weiter mit ihm zu sprechen; dann standen sie nochmals auf und knieten gegenüber der Tür seines Hauses nieder. Drinnen war der neue Präsident, kniend wiederholten sie, daß sie gekommen seien, damit er den Stab holen käme. Der Präsident sagte: »Jetzt gehen wir, leisten den Eid und nehmen den Stab in Empfang, weil der Tag der Übergabe schon gekommen ist.«

Dann reichte er ihnen Branntwein, sie beteten, und er trat in Begleitung seines Yajualtiquil* heraus. Die Leute, die den neuen Präsidenten abholten, knieten auf dem Weg zum Rathaus alle zehn Schritte vor ihm nieder, bis sie den Schwursaal erreicht hatten.

Hier wartete bereits der Präsident, der das Amt übergeben würde, und kniete bei der Tür, um seinen Nachfolger zu empfangen. Nun erhob er sich, beide näherten sich dem Tisch – der sie trennte – und standen sich gegenüber. Von den elf Stäben, die auf dem Tisch lagen, nahm der abtretende Präsident seinen Stab heraus und machte dem neugewählten Präsidenten das Zeichen des Kreuzes auf die Stirn, auf die Nase, aufs Kinn und zuletzt auf die Brust und sagte jedesmal: »Gott Vater, Gott Sohn, Gott Heiliger Geist«, und bei der Übergabe des Stabes sagte er: »An diesem heiligen Tag, dem 31. Dezember 1931, schwörst du bei guter Gesundheit zu Füßen von San Juan, den du mit deiner Frau und deinen Kindern verehren wirst, für unsere Eltern und Großeltern, die in Frieden ruhen, daß du mit deinem ganzen Körper, den ganzen Tag, das ganze Jahr auf die Leute achtgeben wirst, wie unsere Vorfahren sie schützten und bewachten. Für deinen Unterhalt werden die Leute sorgen und auf deinem Maisfeld arbeiten. Wenn du nicht willig unserem Volk dienst, wirst du krank werden. Du wirst deine Augen offenhalten; einen Tag, ein Jahr lang wirst du über alle Leute wachen; hier wirst du bleiben, schauen, wachen und auf San Juan achten.« – »Gehorche dem Ladino, denn er ist der, der befiehlt! Denn er ist der Sohn Gottes, der Sohn des Himmels, der mit dem weißen Gesicht, der Hemd und Hose trägt*.«

»Wenn du ausgehen mußt und nicht zu Gott, zu San Juan, dem heiligen Schutzpatron, sprechen kannst, wenn du unterwegs bist, wirst du ihn in der Höhle oder auf dem Hügel finden. Dort in der Ferne ... wirst du mit ihm sprechen.«

Er übergab ihm den Stab und sie traten hinaus.

Das Volk scharte sich um den neuen Präsidenten, um ihm Geld zu geben und um sich seiner Gunst zu versichern, sollte es einmal notwendig werden.

Dann traten die Bürgermeister und die Ratsherren ein.

Aus allen Häusern der drei Ortsteile meines Dorfes kamen sie in Gruppen und brachten ihre Leute mit, um den Eid zu leisten. Vor jeder Person, die ein Amt bekam, knieten die Männer mit ihren Stäben nieder. Als sie mich in den Schwursaal führten, war es bereits dunkel. Mich vereidigte der Erste Ratsherr und sagte zu mir, als er mich mit dem Stab berührte: »Im Namen des Kreuzes mußt du den Weg über die drei Hügel zurücklegen und nachschauen, wo sich der Markstein von San Juan befindet, weil es der Ladino, der fast unser Vater ist, so befiehlt; er befiehlt uns während eines ganzen Jahres, und wenn Gott uns hilft, spüren wir kaum, wie rasch ein Jahr vergeht, Erster Amtsgehilfe.«

Ich übte ein Jahr lang mein Amt aus, wie es alle Amtsgehilfen zu tun pflegen; und in diesem Jahr hatte ich vier Sekretäre.

Im Büro des Rathauses verkauften die Sekretäre Kerzen, Seife und Branntwein. Die Amtsgehilfen hatten dem Sekretär zu dienen; einige mußten nach San Cristóbal gehen, um Branntwein zu holen, andere holten Brennholz für sein Haus, wieder andere Wasser für die Küche; die einen wuschen seine Pferde, andere gaben den Schweinen und den Hühnern Mais. Ich war Dolmetscher, weil der Sekretär die Sprache nicht konnte.

Wer immer kam, um Gerechtigkeit oder Gnade irgendeines Vergehens wegen zu fordern, mußte dem Sekretär ein Huhn bringen und dem Präsidenten Branntwein. Wer sich eines Vergehens schuldig gemacht hatte, kaufte den Branntwein beim Sekretär. Wenn der Präsident, der Gouverneur und der Erste Bürgermeister fanden, daß

das Vergehen groß sei, sagten sie: »Du wirst vier Liter Branntwein abgeben.« Dann kaufte sie der Bestrafte gleich beim Sekretär. Wenn das Vergehen ganz groß war, wurde er ins Gefängnis gesteckt; aber später ging der Sekretär zu ihm und sagte: »Hör zu, du hast gesehen, daß sie dich nach Santo Domingo* schicken werden. Wenn du mir fünf Pesos gibst, laß ich dich frei.«
»Sicher, Señor?«
Der Gefangene rief nach seiner Frau, die meistens in der Nähe war, und sagte ihr:
»Geh, hol fünf Pesos, der Ladino läßt mich gehen, bevor die vom Rathaus kommen.«
Die Frau brachte die fünf Pesos, und er war frei.
Wenn der Präsident eintraf und den Gefangenen nicht mehr vorfand, fragte er den Sekretär: »Was, du hast ihn freigelassen?«
»Nein, ist er nicht da?«
»Schauen wir mal nach ...«
»Der Schweinehund! Wie konnte er nur entwischen?« sagte der Sekretär.
Wenn sich eine Frau beklagte oder eine von denen, die selbst auf ihre Männer eifersüchtig sind, sich ständig streiten und den Mann sogar verprügeln, wegen eines Vergehens ins Rathaus gebracht wurde, gab es Branntwein für die Behörden und eine Frau für den Sekretär.
Einmal kam eine, die den Beamten sagte: »Mein Mann spioniert mich aus, ich gehe! Ich will nicht mehr mit ihm leben.«*
Ihr Mann sagte: »Ich will nicht, daß sie geht. Es fehlt ihr nichts, sie hat ihren Mais, ich geb ihr Fleisch* ...«

»Ich ziehe zu meinen Alten, denn ich will nicht länger bei diesem Mann bleiben.«
»Von hier gehst du nicht weg!« schrie der Sekretär. »Sperrt mir dieses Luder in den Schwur ...!«
Die Amtsgehilfen sperrten sie in den Schwursaal.
Als die Behörden gegangen waren, sagte der Sekretär zu mir:
»Hör zu, Erster Amtsgehilfe, heute nacht werden wir sie ›küssen‹.«
»Ich nicht«, sagte ich. »Ich gehe nach Hause und komme morgen wieder.«
Am nächsten Tag, als die Beamten ins Rathaus kamen, sagte ihnen der Sekretär:
»Laßt sie frei; wir haben sie eine Nacht lang allein eingesperrt; sie ist genug gestraft.«
Und die Beamten ließen sie ziehen.
Ihre weiblichen Verwandten kamen ihr entgegen und fragten sie: »So, braucht man keine Angst zu haben dort im ›Schwur ...‹?«
»Nein«, sagte sie. »Nur der Ladino kam und sagte zu mir: ›Hör zu, Maria, wenn du es erlaubst ... laß ich dich frei.‹ – ›Ja, Señor‹, sagte ich ihm. Ich öffnete die Tür und ließ ihn eintreten. Als er drin war, schloß er die Tür ab und packte mich. – ›Gleich bist du frei‹, sagte er zu mir, als er schon auf mir lag. Als er getan hatte, was er wollte, ging er hinaus und ließ mich eingesperrt zurück.«
Und so kam sie frei und ging zu ihrem Mann, weil es den Beamten gelungen war, die beiden wieder zusammenzubringen.

Ein anderer Sekretär hatte einen großen Hund, der in seinem Zimmer in der Nähe seines Bettes schlief. Das Tier fraß dort und hinterließ seinen Kot. Ein Amtsgehilfe mußte täglich den Kot des Hundes wegwischen und den Teller, aus dem er fraß, reinigen.
Ein anderer Sekretär fühlte denen, die des Diebstahls verdächtigt wurden, den Puls und steckte sie darauf ins Gefängnis, um ihnen fünf oder sechs Pesos Strafgeld abzuknöpfen.
Wieder ein anderer war ein Trinker und schickte die Amtsgehilfen bis nach Chiapa de Corzo, wo seine Familie lebte, um ihnen Hühner, Eier und Passionsfrüchte zu bringen, oder nach Tuxtla, um dem Gouverneur Hähnchen, Eier und Chayotewurzeln überreichen zu lassen.
Auch wenn man wenig Ausgaben hat als Amtsgehilfe, sind es die Amtsgehilfen, die am meisten arbeiten; sie ruhen kaum, kommen und gehen in die Siedlungen, um die Leute zu rufen, die Gefangenen zu holen und dem Sekretär zu helfen. Aber schnell ist das Amtsjahr vorbei. Schon bestimmen sie die neuen Beamten, und bald wird mein Dienst im Dorf zu Ende sein.
Sie schickten mich mit anderen Amtsgehilfen nach Romerillo – ein Bezirk der Gemeinde von Chamula –, um dem Vierten Ratsherrn von San Sebastián, meinem Viertel, die Ernennungsurkunde zu überreichen. Um vier Uhr früh erreichten wir sein Haus. Ich klopfte an die Tür und grüßte:
»Guten Tag, Kamerad!«

Drinnen war es still. Ich schob die Ernennungsurkunde durch den Türspalt und schrie:
»Hier laß ich dir die Ernennungsurkunde! Du wirst zum Vierten Ratsherrn ernannt! Wir gehen ins Dorf!«
Ich sprach immer noch, als ich den Mann aufstehen hörte, und lief zu meinen wartenden Kameraden. Er trat nackt aus dem Haus, mit seinem Gewehr in der Hand, kletterte auf einen Pfahl, schoß in die Luft und schrie zugleich:
»Ihr Schweinehunde, was wollt ihr?«
Dann antworteten meine Kameraden, indem sie ebenfalls in die Luft schossen und schrien:
»Hupa! Uja! Lauft, Kameraden!«
Schreiend und ins Horn blasend kehrten wir ins Dorf zurück. Wir machten einen Umweg über Ciudad las Casas. Als wir eintrafen, gingen wir ins Haus des Ersten Bürgermeisters, um ihn zu begrüßen und ihm mitzuteilen, daß wir heil und ohne Zwischenfall zurück seien. Er sagte uns: »Ihr seid schon da, Amtsgehilfen? Die Ernennungsurkunde, die ihr abgegeben habt, ist vor eurer Ankunft bereits wieder hier eingetroffen.«
Nun sammelten sie mehr Leute, und diese gingen wiederum ins Haus des zu bestimmenden Vierten Ratsherrn.
Als die Ernennungsurkunde zurück ins Dorf kam, war es nicht der Vierte Ratsherr, der sie brachte, sondern eine seiner Töchter ließ das ›Papier‹ bei der Tochter des Gouverneurs von San Sebastián. Sie übergab das

Papier mit den Worten: »Ich weiß nicht, was dieses Papier bedeuten soll.«
Die Tochter des Gouverneurs gab es ihrem Vater, und dieser brachte es dem Ersten Bürgermeister. Der Erste Bürgermeister nahm es entgegen und fragte den Amtsschreiber, worum es sich handle. Der Amtsschreiber las es durch und sagte, das sei die Ernennungsurkunde des Vierten Ratsherrn. Man ernannte eine Delegation von fünfzehn Männern; ich blieb da, um mich auszuruhen. Um vier Uhr nachmittags brachen sie auf, und als sie im Bezirk ankamen, warteten sie bis zum Morgengrauen. Dann gingen sie ins Haus des Bruders von dem, der die Ernennungsurkunde zurückschicken ließ.
»Guten Tag, Bruder!«
Von drinnen antwortete jemand:
»Guten Tag, Kamerad!«
»Wir sind gekommen, um dir die Ernennungsurkunde deines Bruders zu überreichen. Hab die Güte, sie anzunehmen. Dein Bruder hat sich aus dem Staub gemacht.«
Als der Bruder das hörte, wurde er zornig. Die Amtsgehilfen sagten ihm, dies sei der Befehl der Dorfbehörde. Sie fesselten ihn wie einen Mörder, brachten ihn ins Dorf und steckten ihn ins Gefängnis. Als der Flüchtling erfuhr, daß sie seinem Bruder das Amt übertragen wollten, kam er sofort ins Dorf, ging ins Haus des Ersten Bürgermeisters und sagte ihm: »Laßt meinen Bruder frei, holt ihn aus dem Gefängnis. Ich nehme das Amt an.«
Sie holten den Bruder aus dem Gefängnis und tranken

einen großen Ballon Branntwein im Haus des Vierten Ratsherrn, der sein Amt niederlegte. Und der neue war glücklich, seinen Dienst antreten zu können.
Ich beendete mein Dienstjahr, übergab mein Amt und ging nach Hause in meinen Bezirk. Beim Weggehen schuldete ich fünfzehn Pesos, und mit dem Tod meines Vaters gab ich weitere fünfzehn Pesos aus.
Im September des Jahres, in dem ich Dienst tat, starb mein Vater, weil er zuviel Branntwein trank. Als er noch im Dorfe lebte, hatte er während seiner Amtszeit die Gewohnheit angenommen, zu trinken. Er trank zwanzig Tage lang ununterbrochen, dann hatte er keine Lust mehr, wurde krank, wollte nichts mehr essen und starb. Mein jüngster Bruder Manuel kam, um mich zu holen:
»Komm, damit du ihn siehst. Unser Vater ist gestorben.«
Ich ging ins Gemeindehaus, um beim Sekretär um Erlaubnis zu bitten, und sagte ihm:
»Ich muß in meinen Bezirk gehen.«
»Was willst du dort tun?« fragte er mich.
»Mein jüngster Bruder sagt, mein Vater sei gestorben.«
»Dann geh, um ihn zu sehen«, sagte er zu mir.
Ich ging mit meiner Frau und meinem jüngsten Bruder. Wir trafen ein und fanden ihn aufgebahrt. Im Haus waren viele Leute: Die Männer mit ihren Gitarren und ihren Harfen spielten in seiner Nähe. Alle meine Verwandten weinten, als sie mich ankommen sahen.
»Bist du gekommen?« sagte meine Mutter. »Du siehst,

dein Vater ist gestorben, weil er zuviel getrunken hat ...«, und weinte an meiner Seite.
»Was sollen wir tun, Mütterchen, das war sein Schicksal«, sagte ich ihr, um sie zu trösten.
Im Innenhof des Hauses mahlten einige Frauen Mais, andere töteten Hühner, um denen zu essen zu geben, die zur Beerdigung gekommen waren; meine Mutter nähte die Kleider und die Ponchos meines Vaters und brachte die Sachen für die Reise* in Ordnung. Da wir drei Männer und drei Frauen sind, hatten wir das Geld zusammengebracht, um den Sarg kaufen zu können, und holten ihn in San Cristóbal ab: mein Bruder Mateo und meine Schwäger Mateo Patsitán Acubal, Felipe Shilón Chau Chau und Felipe Hernández Lampoy. Nach der Rückkehr legten sie meinen Vater in den Sarg; wir alle weinten, weil er ging.
Sie stellten den Tisch an seinen Sarg, damit er essen konnte; in einen Teller legten sie Hühnerfleisch, in einen anderen Tortillas und in ein Tellerchen das Salz. Nachdem er bedient worden war, aßen wir.
Die Sonne ging unter, und wir machten uns mit ihm auf den Weg. Wenn die Menschen alt sterben, werden ihre Seelen während des Reisens müde, und man muß ihnen viel zu trinken geben. Meine Tante, María Pérez Jolote, gab meinem Vater jedesmal Wasser, wenn sie einen Halt machten, um sich auszuruhen; sie öffnete den Sargdeckel, tauchte ein Lorbeerblatt in die Kürbisflasche und besprengte mit den Wassertropfen dreimal seinen Mund.
In der Nähe des Friedhofs nahm mein Onkel Marcos

das Netz, in dem ich die Sachen für den Weg trug, nahm den kleinen Korb mit der Kürbisflasche und den vorbereiteten Speisen heraus und zählte diese: es waren zwölf Tortilla-Kügelchen und drei Kügelchen mit Maisschnaps. Er öffnete den Sargdeckel, hob den schwarzen Poncho meines Vaters, legte rechts unten die Speisen mit dem Maisschnaps und den Tortillas hin und sagte zu ihm: »Dies ist dein Essen für die Reise, es ist dein, und sei vorsichtig, daß es dir niemand wegnimmt*.«
Dann zählte er die drei Pesos, die er in einem kleinen Körbchen hatte, und legte sie ihm in sein Hemd und sagte:
»Hier hast du Geld für deinen Maisschnaps, Zitronen und Bananen: damit du unterwegs etwas zu essen hast und dir kaufen kannst, was dein Herz begehrt.«
Wir erreichten das große Kreuz des Friedhofs und legten dort den Sarg nieder. Dann wurden Kerzen angezündet, und alle Frauen weinten um den Sarg herum, während die Männer mithalfen, ein Loch zu graben. Es war höchste Zeit, denn der Chultotic versank schon bald in den Olontic – die Toten müssen begraben sein, bevor er versinkt, sonst bleiben die Seelen* auf der Erde.
Meine Tante ordnete die Ponchos im Sarg, denn alle Kleider meines Vaters mußten ihn begleiten.
Die Sonne war untergegangen, am Himmel standen rote Wolken, und als sie dunkel wurden, versenkten wir den Sarg mit meinem toten Vater und streuten Erde darüber: das Schreien und Weinen der Frauen hörte auf, damit seine Seele nicht wiederkomme. Als das Loch

ausgefüllt war, preßten wir die Erde glatt und wuschen uns die Hände. Es war Nacht, als wir in unseren Bezirk zurückkehrten.

Ich wurde auch krank. Es kam ein Medizinmann, fühlte meinen Puls und sagte, ich hätte Angst: »Morgen komme ich dich heilen. Bringt die Kerzen aus Wachs und Talg, Harz, einen Liter Branntwein, einen Hahn und Blumen.«

Ich wußte, daß man damit die Leute unseres Dorfes heilen konnte, aber weshalb man sie auf diese Art heilen konnte, das wußte ich nicht.

Während der Nacht sprachen meine Mutter und meine Frau von unseren Krankheiten; ich hörte ihnen zu. Dann verstand ich, weshalb man in unserem Dorf auf diese Weise heilte.

Wir alle besitzen einen Chulel, ein Tier, das im Gebirge lebt und uns in allem gleich ist. Es sucht täglich seine Nahrung. Wenn der Chulel fett ist und zufrieden, weil er seine Nahrung findet, dann ist der Herr des Chulel auch dick und gesund; aber wenn der Chulel im Wald nichts zu essen findet, wenn er erschrickt oder in eine Schlucht fällt, dann wird sein Besitzer krank.

Der Chulel eines Medizinmannes ist schlauer, wissender, und deshalb ist er um unsere Chuleles besorgt.

Der Chulel eines Medizinmannes heißt Petome oder Saclome. Die Petomes oder Saclomes haben die Aufgabe, die ihnen Chultotic zugewiesen hat: die Chuleles der Menschen zu hüten.

Damit uns die Petomes und die Saclomes schützen, muß man ihnen mit Branntwein schmeicheln; so trinkt

der Medizinmann Branntwein, wenn er seine Heilkunst anwendet, weil die Petomes und Saclomes ihn mögen.
Im Wald leben noch weitere Chuleles, die stärker sind und die anderen Chuleles auffressen und beherrschen; es sind die Pukujes und die Kibales, die Chuleles der Hexenmeister. Wenn sie einen schwachen Chulel erwischen, erkrankt der Herr des Chulel, und wenn sie ihn auffressen, stirbt der Herr.
Der Chulel eines Hexenmeisters ist ein Kibal. Wenn ein Kibal irgendeinen anderen Chulel auffrißt, stirbt der Besitzer dieses Chulels.
Pukujes und Kibales sind die Chuleles – wilde Tiere – der Menschen, die anderen Menschen Schaden zufügen, indem sie ihren Chulel auffressen. Deshalb sagt man, daß die Pukujes und Kibales der Hexenmeister Leute auffressen. Wird jemand krank, hat ein Pukuj dessen Chulel angebunden, um ihn zu fressen. Damit er ihn losläßt, muß der Medizinmann einen Hahn oder eine Henne töten, damit der Pukuj diesen auffressen kann und den Chulel des Kranken freiläßt. Sobald der Chulel befreit ist, wird der Kranke gesund.
Wie ich sagte, am nächsten Tag kam der Medizinmann. Noch vor Sonnenaufgang hatte ich zu Hause schon die Blumen geschnitten, das Harz, die Kerzen, den Branntwein und den Hahn bereitgestellt. Er fühlte meinen Puls und sagte zu mir:
»Ich spüre, daß du Ärger gehabt hast. Jetzt wirst du mir sagen, was es ist.«

Ich sagte ihm, daß ich mich mit niemandem zerstritten, daß ich vielleicht im Rausch jemanden beleidigt habe.
Man stellte die Blumen auf den Altar und hängte den Hahn an den Beinen auf. Der Medizinmann zündete die Kerzen an und legte Harz auf die glühenden Kohlen des Rauchfasses.
Er begann das Gebet, indem er die Petomes bat, mir zu verzeihen. Er goß Branntwein in ein Glas und besprengte damit einen Teil des Bodens, auf dem er kniete, und sagte: »Heilige Erde, heiliger Himmel: Gott Vater, Gott Sohn, heilige Erde, heiliger Himmel, heilige Herrlichkeit, denke an mich, vertrete mich; sieh meine Arbeit, sieh meine Mühe, sieh mein Leiden. Großer Mann, großer Herr, großer Vater, großer Petome, großer Saclome, großer weiblicher Geist, hilf mir. Ich lege die Schuld in deine Hände, bitte um den Loskauf seines Chulels. Für meinen Weihrauch, für meine Kerzen, Geist des Mondes, Jungfrau Mutter des Himmels, Jungfrau Mutter der Erde, Heilige Rosa, für deinen ersten Sohn, für deine erste Herrlichkeit, sieh deinen Sohn zerknirscht in seiner Seele, in seinem Chulel.«
Beim Beten tötete er den Hahn, indem er ihm den Hals umdrehte, und ich fühlte mich befreit. Der Medizinmann sagte mir, daß mein Chulel etwas angeschlagen zurückgeblieben sei, und daß er nicht ganz gesunden würde. Aber allmählich ging es mir besser, bis ich ganz gesund wurde.
Im selben Jahr wurde mein Sohn Lorenzo geboren; Pascuala Collazo Mechij, die Hebamme unserer Gegend, kam, um ihn auf die Welt zu bringen.

Als die Stunde kam, kniete sich Dominga auf eine Strohmatte, ich setzte mich ihr gegenüber auf einen Stuhl und spreizte meine Beine. Sie legte ihren Bauch zwischen meine Knie, und Pascuala, hinter Dominga sitzend, erwartete das Kind. Ich drückte ihren Bauch mit meinen Knien, während sie preßte und ihre Beine mehr öffnete, damit das Kind kommen konnte; und Pascuala half, indem sie am Kind zog. Und als sie es in den Händen hielt, kauerte sich Dominga zusammen, um die Plazenta zu erwarten. Als diese herauskam, band Pascuala die Nabelschnur mit Pitahanf ab und durchschnitt sie mit der Schafschere. Während sie Dominga eine Kürbisschale mit warmem Pfefferwasser gab, ging ich hinaus und begrub die Plazenta in der Nähe des Hauses. Ich war glücklich, weil das geborene Kind ein Junge war. Drei Tage nach der Geburt meines Sohnes bereitete ich das Bad für Dominga vor. Um die Steine des Dampfbades zu wärmen, legte ich das Brennholz hin, stellte das Wasser und die grünen Zweige bereit und half ihr beim Baden.
Etwas später ging ich nach San Cristóbal, um mich anwerben zu lassen. Sie schossen mir sechzig Pesos vor, und ich kehrte wieder in meinen Bezirk zurück, um die Erde zu bearbeiten. Ich säte den Mais, säuberte das Feld, und im Monat August ging ich auf die Plantage von Lubeca, um meine Schulden abzuzahlen.
Nach Allerheiligen kam ich wieder zurück. Zu Hause fand ich meine Frau bei den Vorbereitungen für das Fest meines Schwiegervaters, der im September gestorben war.

Nach meiner Rückkehr von der Plantage ernannten sie mich zum Kirchendiener, weil ich lesen konnte.
In diesem Jahr war Andrés Tiro der Kirchendiener; da er aber nicht lesen konnte, irrte er sich im Datum des Johannisfestes, und es wurde am 23. statt am 24. Juni gefeiert. Als sie es merkten, kam er ins Gefängnis.
Der Kirchendiener muß die Daten aller Feste kennen. Ich irre mich nicht, und weil ich lesen kann, schaue ich jedesmal im Kalender nach. Wenn jemand kommt und mich fragt, weiß ich es und gebe Auskunft: den Haushofmeistern, den Festmeistern, den Donatoren, allen gebe ich Auskunft. Wenn wir und alle, die ein Amt haben, uns am Sonntag auf dem Platz treffen und ich gefragt werde, wann die Feier und das Fest des Haushofmeisters oder der nächste Amtswechsel stattfinden, gebe ich Auskunft. Alle fragen sie mich und schenken mir einen Viertelliter Branntwein.
Am Neujahrstag packten sie mich, und ich mußte den Eid als Kirchendiener ablegen. Einer der ältesten meines Dorfes wurde mein Yajualtiquil. Nach dem Schwur begleitete er mich in die Kirche und erklärte mir Sinn und Bedeutung der Heiligen.
»Dieser da«, sagte er mir und zeigte auf den heiligen Sebastian, »ist der Schutzpatron der Schafe; er ist es, der die Schafe mit dem Hirten auf die Weide führt. San Juan ist der Hirte. Wenn ein Schaf verlorengeht, muß es San Juan ersetzen. Wenn dies geschieht, fragt er San Sebastián: ›Wieviel soll es sein, was ich dir bezahlen muß?‹«
Am Vorabend des Festes von San Sebastián empfehlen

deshalb die Frauen ihre Schafe dem Heiligen und bringen ihm Gras und Salz, damit er es segne und damit sie es bei einer Krankheit den Schafen geben können.

»Dieser andere ist der heilige Michael, der Schutzpatron der Musikanten. Er hilft ihnen und segnet sie. Er ist der Herr der Gitarren und der Harfen; zu ihm kommen die Berufsmusikanten, weil sie Tage und Nächte damit verbringen, bei Festen und Begräbnissen zu spielen, und er hält sie wach. Ihn bitten sie, er möge ihre Frauen beschützen, damit ihnen nichts geschehe.«

»Dieser da ist der heilige Nikolaus, der Schutzpatron der Hühner; er trägt zwei Schüsseln, um Mais zu säen und den Hühnern zu fressen zu geben.« Aber ich weiß nicht, wie der heilige Nikolaus den Hühnern Mais geben kann, wo er doch beide Hände voll hat. »Dieser hier ist der heilige Hieronymus, zu ihm kommen alle Medizinmänner, weil er alle Chuleles besitzt und über alle Seelen in der Welt wacht; hier siehst du ihn mit einem Löwen zu Füßen, der der Chulel eines Menschen ist.«

»Dieser in der Nische ist der Señor San Miguel; er heißt auch Señor San Salvador und Señor San Mateo; er beschützt die Leute und die Kinder. Ihn bittet man, er möge einem im Haus, auf den Wegen und auf Erden behüten.«

»Dieser andere am Kreuz ist auch der Señor San Mateo; er zeigt und tut uns kund, wie man am Kreuz stirbt, um uns Ehrfurcht beizubringen. Er wurde getötet, weil die Juden, die Teufel Pukujes, viele Menschen auffraßen; und er gab sein Leben hin, um uns zu befreien.«

»Ehe der heilige Manuel geboren wurde, war die Sonne

kalt wie der Mond. Auf der Erde lebten Pukujes, die Menschen auffraßen. Als das Kind Gottes, der Sohn der Jungfrau, der Señor San Salvador, auf die Welt kam, begann die Sonne zu scheinen.
Die Verwandten der Jungfrau waren Pukujes: Juden. Als sie spürte, daß sie schwanger war, sagte sie zu San José: ›Ich werde ein Kind bekommen.‹ Ihre Verwandten wußten, daß im Augenblick der Geburt des Gotteskindes Licht würde, und eilten zur Jungfrau. Dann stiegen sie auf einen kleinen Esel und gingen nach Bethlehem; dort wurde Christus geboren, das Jesuskind, in einer Krippe auf Stroh. Als er geboren wurde, hellte der Tag auf, die Sonne schien, und die Pukujes flohen, verbargen sich hinter den Hügeln und in den Schluchten, um nicht mehr gesehen zu werden.«
»Wenn einer der Pukujes bei Tagesanbruch kommen sollte, wenn die Sonne scheint, kann er keine Menschen auffressen, weil ihn der Señor San Salvador anblickt, weil die Sonne das Auge Gottes ist.«
»Drei Tage nach der Geburt hatte das Kind Gottes nichts mehr zu essen. San José litt sehr und sagte zur Jungfrau: ›Was werden wir essen, Töchterchen?‹ Dann sagte das Kind: ›Wenn ihr nichts zu essen habt, gehe ich arbeiten.‹ Niemand weiß, woher es die Werkzeuge genommen hatte, als es begann, eine Tür aus einem Stück Holz zu zimmern, das es von einem Mann bekommen hatte. Das Holz war aber zu kurz, um eine Tür zu zimmern. Und San José sagte zu ihm: ›Das Holz ist zu kurz, es wird nicht ausreichen.‹ – ›Du wirst schon sehen, daß es reicht‹, sagte das Kind. Und es nahm das

Holz, dehnte es aus, als wäre es aus Gummi, und es blieb noch ein Rest übrig.
Da erfuhren die Leute, daß es ein Stück Holz ausgedehnt hatte, und sie suchten das Kind auf, um es zu töten. Die Familie flüchtete nun über die Hügel und mied, um nicht erwischt zu werden, die Dörfer. Dann bat es einen Zimmermann, ihm ein Kreuz zu machen. Als der Zimmermann zu San José sagte: ›Hier ist das Kreuz‹, übergab San José dieses dem Retter. Und dieser sagte nun den Juden: ›Eßt nicht meine Kinder auf, denn dafür bin ich hier; eßt mich auf.‹ Und er nagelte sich ans Kreuz.
Bevor er sich annagelte, ging er nachschauen, wie es um den Olontic stand. Als er von oben sah, wie es da unten aussah, kam er zurück, um sich anzunageln. Er nagelte sich ans Kreuz, damit sich die Leute erinnerten, daß es eine Strafe gibt für die Teufel – Pukujes – und damit sie aufhörten, Menschen zu fressen.«
»Dieser andere hier ist der Schutzpatron der Kirche: San Juan der Evangelist. Er war der erste, der Mais säte. Er war der erste Mensch. Vor Jesus Christus geboren. Er betete in den Wäldern, auf den Hügeln, in den Schluchten und lehrte die Menschen, so zu leben, wie sie heute leben. Deshalb bitten ihn die Leute bei jedem Fest um Gesundheit, damit sie arbeiten können.«
Und so lernte ich in der Kirche meines Dorfes die Heiligen kennen. Am Fest des San Sebastián ernannte man mich zum Ausrufer, weil der Vorgänger, Domingo López Soto, gestorben war. Der Ausrufer muß während des Karnevals zusammen mit den Festmeistern schreien.

Der Karneval kam näher, und man übergab mir die ›Papiere‹, die mein Vorgänger hinterlassen hatte, aber ich wurde nicht klug daraus. Man rief die Amtsschreiber herbei, um zu sehen, ob diese etwas davon verstünden; aber umsonst: alle sagten, daß sie nicht wüßten, was jener verstorbene Christ auf seine Papiere gekritzelte habe.

Da saß ich schön in der Patsche. Ich war sehr niedergeschlagen, weil ich nicht wußte, was ich bei dem Fest sagen sollte.

Nachts schlief ich ein und hatte einen Traum. Ein Mann kam in meine Nähe, ich wußte nicht, wer es war, vielleicht Gott, jedenfalls sah er Domingo de la Cruz Chato* sehr ähnlich. Ich beobachtete, wie er sich mir näherte und mir all das, was ich noch heute im Karneval vortrage, ins Ohr flüsterte. Alles, was ich in dieser Nacht geträumt habe, blieb mir im Ohr. Noch vor Tagesanbruch stand ich auf, zündete meine Kerze an und notierte, was mir jener Mann gesagt hatte. Nun hatte ich endlich meine Festrede für den Karnevalstag.

Das Fest begann. Die Umgebung wurde allmählich menschenleer: Alle kamen ins Dorf zum großen Fest.

Die Affen-Männer mit rot-schwarzem Gehrock und Gamslederhosen, hohen Sandalen und Zylindermützen aus Affenfell kamen von überall her und betraten die Häuser des Dorfes. Die Straßenkehrer kamen aus dem Gebirge, jeder mit seinem Besen, und sie bildeten, je nach Herkunft, große Gruppen, um den Platz zu kehren und den großen Weg, und die ›Affen‹ feuerten sie

an, indem sie um sie herumtanzten und dazu pfiffen. Immer mehr Straßenkehrer kamen und schwenkten ihre Besen. Das ganze Dorf war auf den Beinen: man baute Absperrungen, brachte Schmuck an, wusch die großen Töpfe für den Atolli und trug Holz und Wasser herbei.
Tanzend kamen die kirchlichen Würdenträger aus den einzelnen Ortsteilen mit ihrem Heer von ›Affen‹, sie trugen die klingenden Krüge für den Ball herbei, den Schellentiger*, die Gitarren, die Trommeln und Flöten. Die Fahnen wurden an den vier Eckpunkten des Platzes aufgezogen, die ›Affen‹ trugen ihre.
In der Nacht brannte in jedem Haus der drei Viertel ein Feuer, die Frauen kochten, die Männer grölten, es wurde getanzt, auf der Gitarre gespielt, auf dem Akkordeon, der Harfe, der Kürbistrommel und auf dem Horn.
Im Haus des gewesenen Festmeisters gab es einen Stier, den man zum Fest geschlachtet hatte; viele Frauen liefen dort geschäftig hin und her. Unter dem großen Kreuz, im Hof seines Hauses, saß der Festmeister auf einer Bank, sein großer, eleganter Hut war mit bunten Bändern geschmückt, er trug einen schwarzen Poncho und neue Sandalen. Ihm gegenüber tanzten viele ›Affen‹, die ihre Tamburine schwenkten und das Tiger-Lied pfiffen und an seiner Kleidung zupften. Hinter dem Kreuz, das mit Blumen und Zyperngras geschmückt wurde, verbrannten die Frauen Weihrauch, und auf einer anderen Seite des Hofes spielten die Musiker auf ihren Harfen und Gitarren.

In allen Häusern, die Beamten gehörten, herrschte Lärm und geschäftiges Treiben der Frauen, die Maispastete oder Atolli zubereiteten, aber noch mehr mahlten Mais und machten Tortillas.
Nun kamen die Schatzmeister aus ihren Bezirken, beladen mit den heiligen Kisten, in denen sie die seidenen Bänder und die silbernen Spitzen aufbewahrten, die die großen Stangen der Standarten für das Fest schmückten; sie waren in Begleitung ihrer ›Affen‹ mit ihren Fahnen und beleuchtet von Harzfackeln; die Musikanten kamen mit ihnen und spielten auf Harfen und Gitarren.
Es kam der Tag, an dem ich vor allen Leuten meines Dorfes eine Rede halten sollte; alle großen Señores waren zum Fest versammelt: die Señora Nana María Cocorina* ging, von ihren ›Affen‹ begleitet, ins Schwurzimmer. Die Festmeister, mit ihren Musikanten und ihren ›Affen‹, die Ersten Bürgermeister jedes Viertels, die die neuen Ämter übertrugen und den Eid abnahmen, alle liefen auf den Platz, und beim Portal des Gemeindehauses konnte man kaum stehen. Im Schwurzimmer übernahmen die Festmeister das Amt. Der Augenblick kam, wo ich sprechen sollte. Ich stieg auf die Bank, auf der die Festmeister saßen, holte mein Papier hevor und sagte zu den Leuten:
»Chamulas! Närrischer Februar! Heute, am 20. Februar 1932, kam der erste Soldat nach Mexiko, kam nach Guatemala, kam nach Tuxtla, kam nach Chiapa, kam nach San Cristóbal, kam mit Fahnen, kam mit Trommeln, kam mit Trompeten: Hurra!«

»Hurra!!« riefen alle. Ich sah, wie sich die Leute freuten, und fuhr fort: »Kameraden, der zweite Ritter kam nach Mexiko, kam nach Guatemala, kam nach Tuxtla, kam nach Chiapa, kam nach San Cristóbal, kam mit Fahnen, kam mit Trompeten: Hurra!«
»Hurra!!« schrien sie wieder.
»Der letzte Ritter kam nach Mexiko, kam nach Guatemala, kam nach Tuxtla, kam nach Chiapa, kam nach San Cristóbal, er kam mit Raketen, kam mit Kanonen, kam mit Pfeifen, kam mit Hörnern, kam mit Fahnen, kam mit Trompeten. Es kamen Mariano Ortega und Juan Gutiérrez, und mit ihrer Señorita Nana María Cocorina gingen sie ins Gebirge und liebten sich. Als sie sich geliebt hatten, kamen sie zurück und aßen Mercocha, Pamasquiles und Blutwurst: Hurra!!«
Nach meiner Rede wurde das Fest fröhlich, und die Kameraden wurden auch fröhlich. Aber ich war nicht recht zufrieden, denn ich hatte beinahe nichts gesagt, obwohl sie es mich noch oft wiederholen ließen.
Als ich mit meiner Ansprache fertig war, traten die Leute durchs Portal des Gemeindehauses. Sie verteilten sich auf drei Gruppen und liefen hinter den ›Affen‹ her. Ich ging mit den Leuten meines Viertels, und wir alle gingen ins Haus des neuen Festmeisters von San Juan.
Die ›Affen‹ liefen dreimal um den Platz herum, schwenkten ihre Fahnen an jeder Ecke und kreuzten die Stöcke, wenn sie mit den ›Affen‹ anderer Quartiere zusammentrafen.
Im Haus des neuen Festmeisters von San Juan war alles vorbereitet, um die hohen Persönlichkeiten zu empfan-

gen. Die Hauptbank hatte man im Innenhof unmittelbar vor dem Kreuz aufgestellt und ihr gegenüber den Tisch mit dem Branntwein, mit Zuckerwasser, Zuckerhut, kleinen Körbchen mit Palmenzweigen, Honigtöpfchen und dem Pokal für den Branntwein. Auf einem weiteren langen Tisch, der mit Zyperngras geschmückt war, standen Tellerchen mit Salz.
Auf der anderen Seite des Hofes waren die Konzertmeister mit ihren zwei klingenden Krügen, der Schellentiger, der Trommler und der Flötenspieler.
Die Festmeister kamen, jeder mit seinem Yajualtiquil und all den anderen vom Gemeindehaus, und jeder nahm auf der Hauptbank seinen Platz ein. In Tragkörben, die mit Servietten bedeckt waren, brachten sie die Branntweinflaschen und Kürbisschalen für den Kaffee, den sie den hohen Persönlichkeiten anboten. Dann beteten sie und segneten das Getränk. Später brachten sie die Kürbisschalen mit bitterem Atolli, segneten sie und beteten dazu.
Während des Tanzes legte der Schellentiger eines jeden Viertels das Tigerfell mit den Schellen einem Behördenmitglied um die Schultern, und jeder von diesen bekam gleichzeitig eine Fahne. Und mit der Fahne in der Hand und dem klingelnden Schellentiger hinter sich, tanzten die beiden rund um die klingenden Krüge herum, auf denen die Konzertmeister spielten. Trommeln und Flöten begleiteten den Tanz. Schließlich drehte sich der Schellentiger um seine eigene Achse und hielt seinen Partner in die Höhe, der die Fahne in alle Himmelsrichtungen schwenkte.

Der Präsident und die Ältesten, die ihn begleiteten, segneten das Getränk, und die kleinen Palmenzweige wurden an alle Beteiligten verteilt. Der Branntwein und das Zuckerwasser wurden auch verteilt, später gab es Atolli und Kaffee und gepfefferte Suppe mit Fleisch und Maispasteten. Der Yajualtiquil und die Festmeister bedienten sich immer als erste.
Nach dem Essen kehrten die Beamten auf den Platz zurück, begleitet von ihren ›Affen‹, und das ganze Volk lief hinter ihnen her, rund um den Platz herum; dann gingen sie in die Häuser der Festmeister der anderen Viertel, aber vorher ließen sie mich meine Rede wiederholen, die ich am Portal des Gemeindehauses gehalten hatte.
Während der Nacht, beim Klang der Zymbeln und Trommeln, zogen durch den Tumult der Menge, die Gitarre, Harfe und Handorgel spielte – im Lichte der Kienfackeln und beim Donner von Raketen und Knallfröschen –, die ehemaligen Kostümmeister über den Platz. Die Nacht war voller Tanz und Freude; ich schlief ein wenig, weil ich am nächsten Tag wieder sprechen mußte.
Bei Tagesanbruch war der Platz schon wieder voller Leute; die Señores, die ein hohes Amt bekleidet hatten, gingen in die Häuser der ehemaligen Festmeister, wo es ein Bankett gab, Tanz und Branntwein; ich ging mit ihnen, und jedesmal, wenn sie mich darum baten, wiederholte ich meine Rede.
Die Nacht ging, und der neue Tag brach an. Dieses Mal waren die ›Affen‹ mit allen Persönlichkeiten der drei

Ortsteile schon um drei Uhr früh auf dem Platz. Im Fackellicht zogen sie dreimal um den Platz, inmitten des Lärms von Trommeln, Schellen, Gitarren, Handorgeln und dem Donner von Raketen und Knallfröschen.

Drei Gruppen, den drei Vierteln entsprechend, bildeten sich, damit jede auf ihren Kalvarienberg steigen konnte, und ich ging mit meinen Leuten. Wir erreichten den höchsten Punkt des Hügels, wo die Kreuze stehen, und dort stellten wir die klingenden Krüge auf, und der Schellentiger legte allen, die in seiner Nähe waren, das Tigerfell um und tanzte mit ihnen. Mit den Harzfackeln machte man große Freudenfeuer, während die Festmeister Kerzen und Harz anzündeten und vor den Kreuzen beteten. Sie tranken Branntwein, und als ich an die Reihe kam, boten sie mir auch an; er tat mir wohl, weil es sehr kalt war.

Ich bat um eine Harzfackel, um meine Papiere lesen zu können, und hielt meine Rede: »Närrischer Februar! Heute, am 22. Februar 1932, am Tag der Besteigung der drei Hügel und der drei Gipfel und des Abstiegs zur Wasserquelle, um Stierfleisch zu essen, kam der erste Soldat nach Mexiko, kam nach Guatemala ...«, und all das andere, das ich immer sagte.

Wir gingen dann auf den Kalvarienberg von San Sebastián, dort wurde auch getanzt. Weihrauch und Kerzen brannten bei den Kreuzen. Bei Sonnenaufgang stiegen wir zum Platz hinunter, und die Leute von San Sebastián trafen mit uns zusammen, man tanzte auch dort mit dem Schellentiger bei der Kirchentüre in der Nähe

der Branntweinflaschen. Das Schellen der Tigerfelle, die Trommeln, die klingenden Krüge, die Handorgeln, die Harfen und die Gitarren, alles war in Bewegung inmitten eines großen Tumults. Das ganze Volk war versammelt, der Platz war zum Bersten voll.
Wir gingen zur Wasserquelle, wo uns die Frauen mit großen Körben erwarteten: mit Suppe und Fleisch in den Töpfen, mit Maisschnaps in den Krügen und mit Branntwein in den Ballons. Es waren auch Verkäufer von anderen Dörfern dort. Die Señores mit hohen Ämtern setzten sich an den Tisch, die anderen befestigten die Fahnen an dem Kreuz bei der Wasserquelle. Die Frauen wuschen sich den Kopf und die Waden in der Nähe des Bachbetts. Wir alle aßen, tranken und tanzten.
Gegen Abend kehrten wir zum Platz zurück. Man streute das dürre Gestrüpp bündelweise auf den Boden, um von der Kirche bis zu den großen Kreuzen am Platz einen Weg zu bilden, und zündete es an. Die Flammen fraßen sich den breiten Weg entlang, und die neuen und ehemaligen Festmeister liefen zwischen der Kirchentüre und den Kreuzen des Platzes hin und her, um sich zu läutern. Sie verbrannten sich die Beine, und das Volk schrie, während die Männer durch die Flammen rannten, bis das Gestrüpp zu Asche wurde.
Die Leute verteilten sich auf dem Platz, und die ›Affen‹ rannten mit ihren Fahnen umher. In einer Ecke des Platzes war schon ein Stier angebunden, um geritten zu werden; das Volk kam, um dem Schauspiel beizuwohnen. Sie führten den Stier in die Mitte des Platzes, und

ein Mann hielt sich an einem Seil fest, das um den Körper des Tieres gebunden war, und sprang auf den Stier; aber es war ein zahmer Stier, er wollte nicht von der Stelle weichen, und man brachte einen anderen, und nun konnten sich die Leute begeistern, weil dieser wirklich wild war.
Die Festmeister kehrten in ihre Häuser zurück, und ich sprach als letzter, um ihnen zu sagen, daß das Fest zu Ende war. Die Leute gingen auseinander, sie waren müde; bald war der Platz fast leer, und ich ging schlafen.
Das große Fest war zu Ende. Für den nächsten Tag, das heißt Mittwoch nach Karneval, blieb nur noch der Besuch im Haus der Señora Nana María Cocorina übrig. Man tanzte und aß gedörrten Fisch. Nachts waren die Kostümmeister damit beschäftigt, ihre Bänder und die Lanzenspitzen einzusammeln. Überall hörte man noch das Donnern der Raketen und der Knallfrösche der Leute, die sich vom Dorf verabschiedeten und, begleitet von ihren ›Affen‹, mit den Fahnen und den leuchtenden Fackeln herumgingen. Ihre Musikanten folgten ihnen und spielten auf ihren Harfen und Gitarren. Die hohen Persönlichkeiten verabschiedeten sich auch mit ihren Musikanten und ihren ›Affen‹. Auf allen Wegen zu den entfernteren Bezirken gingen die Leute, Männer, Frauen und Kinder, einer hinter dem anderen, müde vom Fest.
Der Alltag begann. Die Männer nahmen wieder die Hacke, um die Erde aufzulockern und die Maisfelder zu bestellen, denn bald würde die Regenzeit kommen.

Die Frauen brachten die Ponchos aus Wolle an die Quelle, um sie zu waschen.
In der Kirche entfernten die Haushofmeister die Festkleider der Heiligen und zogen ihnen die Alltagskleidung an, während die Musikanten auf ihren Harfen und Gitarren spielten.
Ich kehrte in meinen Bezirk zurück. Den gleichen Weg gingen auch ein paar Zinakanteken, die bei dem Fest gewesen waren. Einer von ihnen sagte mir, er hätte ein dickes Buch bei sich zu Hause mit dem Titel: ›Vom Neuen Bund und dem Ursprung der Welt und der Menschen.‹ Er versprach mir, es mir auszuleihen, damit ich am Karnevalsfest etwas mehr sagen könnte, aber ich habe ihn nicht wieder gesehen, und jedes Jahr, wenn ich sprechen muß, wiederhole ich dasselbe.
Eines Nachts sah ich im Traum einen Onkel und eine Tante. Sie sagten mir, ich möge sie begleiten. Sie gaben mir zwei Pferde zum Hüten und ein Bündel Heu zum Füttern.
Später wußte ich, was dieser Traum zu bedeuten hatte: mein Onkel war San Juan, und die Jungfrau vom Rosenkranz war meine Tante; die beiden Pferde waren die Pferde des Pfarrers. Mein Traum kündigte mir ein neues Amt an, denn später ernannten sie mich zum Sakristan; der Sakristan kümmert sich um die Kirche und behält dieses Amt das ganze Leben.
Ich habe viel für mein Dorf getan, und man hört nicht auf, mir neue Ämter aufzubürden.
Später wurde ich Donator* der Jungfrau vom Rosenkranz; aber dieses Amt nahm ich mit Vergnügen an. Die

Haushofmeister und Donatoren haben das Recht, Branntwein zu verkaufen, und so nehmen sie das Geld, das sie für das Fest ausgeben, wieder ein. Der Mann, der mir das Amt anbot, gab mir fünfzehn Pesos, damit ich mit dem Branntweinverkauf beginnen konnte. Ich kaufte einen Ballon, und an den Sonntagen ging ich jeweils auf den Dorfplatz, um Branntwein zu verkaufen. Alle meine Kameraden, die bei mir kauften, boten mir ein Glas an, und ich betrank mich oft. Ich konnte es nicht lassen, denn von Amts wegen bin ich eine Señora: die Jungfrau vom Rosenkranz, deren Donator ich bin, ist eine Señora, und ich werde von allen eingeladen, die einem Heiligen dienen und Männer sind.

Als ich das Amt des Donators niederlegte, rief mich der Sekretär des Dorfes zu sich und sagte mir:

»Der Präsident von Mexiko will, daß das ganze Dorf von Chamula lesen lerne; aber zuvor müssen sie lernen, Spanisch zu sprechen. Die Regierung hat dich zum Spanischlehrer gewählt und wird dir monatlich fünfzig Pesos bezahlen.«

»Wenn es der Befehl der Regierung von Mexiko ist, werde ich das Amt annehmen«, sagte ich.

Für den Spanischunterricht ernannte die Regierung zwölf Lehrer für die Bezirke meines Dorfes. In Cuchulumtic hatte ich dreißig Schüler, und ich lehrte sie einige spanische Wörter und ein paar Buchstaben, damit sie lesen konnten. Drei Jahre später wurde die Lese-Kampagne abgebrochen, und wir verloren alle unser Amt. Wenn heute jemand Spanisch lernen will, kauft er »Balsamöl« in den Apotheken von San Cristóbal; man sagt, es sei gut, um sprechen zu lernen. Schon habe ich wieder ein neues Amt und bin jetzt Donator von San Juan. Ich verkaufe wieder Branntwein zu Hause. Jeden Tag verkaufe ich zwei Ballons. Wenn ich sie selbst nicht mehr holen kann, schicke ich meinen Sohn Lorenzo. Einmal nahmen ihm die Aufseher einen Ballon weg, weil er ihn nicht gekauft hatte, wo er ihn hätte kaufen sollen. Dabei hatte ich es ihm schon früher einmal erklärt. In San Cristóbal gibt es zwei Branntweinfabriken, und die Inhaber haben sich die Dörfer für den Verkauf aufgeteilt; einer beliefert die Chamulas und die Zinakanteken; der andere beliefert alle übrigen Dörfer, das sind so viele, daß der Fabrikbesitzer der reichste Mann von San Cristóbal ist und Aufseher bezahlt, die in den Dörfern herumschnüffeln. Mit Gewehren und Pistolen dringen sie in die Häuser ein, durchsuchen sie und schleppen alle ins Gefängnis oder töten diejenigen, die heimlich Branntwein brennen oder den Branntwein anderer Fabriken verkaufen. Nur diese beiden Fabrikanten haben das Recht, Branntwein herzustellen und zu verkaufen, weil die Regierung mit ihnen eine Vereinbarung getroffen hat.

Täglich kommen Kameraden zu mir nach Hause, um Branntwein zu kaufen; sie trinken, bieten mir auch an, und ich trinke mit ihnen. »Hör doch auf zu trinken«, sagen Lorenzo und Dominga zu mir. Aber ich kann es nicht lassen. Seit Tagen esse ich nichts mehr ... So starb mein Vater. Aber ich will nicht sterben. Ich will leben.

Glossar

SEITE

7 *Gran Pueblo* – (Großes Dorf) San Juan de Chamula
8 *Jolote* – (kleiner Truthahn) indianischer Teil des Familiennamens
9 *San Andrés* – Indiogemeinde in der Nähe von Chamula
zinakantekische Frau – Frau aus Zinakantan, eine Nachbargemeinde von Chamula
Nachij – eine andere Nachbargemeinde von Chamula
10 *Chapilla* – Dorf in Tierra caliente
11 *Tierra caliente* – (heiße Erde) Region südlich von Chamula
12 *Tierra fría* – (kalte Erde) Region südlich von Chamula
Ladino – alle Nichtindios, meistens Weiße, werden von den Indios so bezeichnet
Alcalá – Dorf am Ufer des Río Grande de Chiapas, südlich von Chamula
18 *San Cristóbal de las Casas* – Hauptstadt der Provinz Chiapas
20 *Chicha* – Getränk aus in Zuckerwasser gegorenem Mais, eine Art Maisbier
Tacanecos – Indiogruppe, die am Fuß des Tacaná-Vulkans lebt und sich auch auf den Plantagen anwerben läßt
22 *Comitán* – Stadt südöstlich von San Cristóbal
25 *Tapachula* – Stadt im äußersten Süden Mexikos

30 *Venustiano Carranza* – Lehrer und Bürgermeister; verkündete 1917 die erste fortschrittliche, demokratische Verfassung für Mexiko

31 *Aguascalientes* – (Warme Wasser) größere Stadt nordwestlich von Mexiko-Stadt

Zacatecas – Stadt nördlich von Aguascalientes

33 *Victoriano Huerta – Francisco (Pancho) Villa – Emilio Zapata* – Bauernführer während der mexikanischen Revolution, die »Tierra y Libertad« (Land und Freiheit) auf ihre Fahnen geschrieben hatten und zu Volkshelden wurden

34 *Tehuacán de las Granadas* – Stadt, südöstlich von Mexiko-Stadt

36 *Oaxaca* – Hauptstadt der Provinz Oaxaca im Südosten Mexikos

37 *Córdoba* – Stadt westlich von der Hafenstadt Veracruz

Pulque – mexikanisches Nationalgetränk, das aus der Agave gewonnen wird

39 *Pachuca* – kleinere Stadt nördlich von Mexiko-Stadt

44 *Tuxtla* – Stadt in Chiapas

47 *Tortillas* – in Mexiko: Maisfladen

48 *Fest von Santa Rosa* – Maria Himmelfahrt am 15. August

50 *Atolli* – Gericht aus Maismehl, Milch und Zucker

52 *Chultotic* ... – der heilige Herr, die Sonne. (Die Sonne ist im Spanischen männlichen Geschlechts, der Mond weiblich)

Chulmetic – die heilige Herrin, der Mond

56 *Tuluc* – bedeutet in der Sprache der Chamulas, dem Tzotzil, das gleiche wie »jolote« (Truthahn). Es handelt sich also um den gleichen Familiennamen. Bei den Chamula-Indios ist die Heirat zwischen Personen gleichen Namens teilweise verboten

62 *Huipil* – ärmelloses, bis zum Knie reichendes Frauenkleid aus Baumwolle mit handgesticktem Oberteil

81 *Yajualtiquil* – ein »Ältester«; ein erfahrener Mann, der jeder religiösen oder politischen Amtsperson als Berater an die Seite gestellt ist

82 *»der Hemd und Hose trägt«* – gemeint sind die Sekretäre der Gemeinderegierung, die von den hohen nichtindianischen Behörden eingesetzt werden. Sie genießen großes Ansehen, üben großen Einfluß aus und können jeden anderen Behördenbeschluß für nichtig erklären. Es sind immer Weiße

84 *Santo Domingo* – Gefängnis in San Cristóbal de las Casas, wo alle Rechtsstreitigkeiten der Region letztlich vor Gericht entschieden werden

Bei den Chamulas ist es üblich, daß bei einer *Trennung* die Frauen die Initiative ergreifen

85 *Fleisch* – Fleisch ist das wertvollste Geschenk für eine Frau, obwohl sie selbst das Schaf, das ihr Wolle für ihre Kleidung gibt, niemals schlachten würde

90 *Reise* – Die Chamulas glauben, daß die Toten sehr weit wandern und auf ihrer Wanderung einen See, in dem Hunde leben, auf dem Rücken eines dieser Tiere überqueren müssen

91 *wegnimmt* – Wenn der Tote den Olontic erreicht, bitten die anderen Seelen ihn um Nahrung

Seelen – Die Chamulas glauben, daß jeder Mensch zwei Seelen hat: eine, der Chulel, ist in einem Waldtier verkörpert, die andere bleibt im Körper und stirbt im Olontic, wenn der Mensch stirbt

96 *Heilige* – Die Nennungen in den folgenden Erklärungen und Erzählungen sind teilweise nicht eindeutig und zeigen die Vermengung von Naturreligion und katholischem Glauben

100 *Domingo de la Cruz Chato* – einer der Dorfältesten, die bei allen wichtigen Angelegenheiten zu Rate gezogen werden

101 *Schellentiger* – ein Tigerfell, an dem Glöckchen angebracht sind

102 *Nana María Cocorina* – ein als Frau verkleideter Mann, der ein mit Harz gefülltes Kohlebecken trägt und die Würdenträger begleitet

109 *Donator* – hier: Schenkender, in der ursprünglichen Bedeutung des Wortes; Juan Pérez Jolote mußte das jährliche Fest für die Jungfrau vom Rosenkranz ausrichten

Nachbemerkung

Das Leben von Juan Pérez Jolote, so wie es Ricardo Pozas nach vielen Gesprächen und jahrelanger Forschungsarbeit im Gebiet von Chiapas aufgeschrieben hat, ist nicht außergewöhnlich. Es spiegelt – abgesehen von einigen wenigen Episoden – sogar sehr genau die Lebensumstände der Chamula-Indios in der ersten Hälfte dieses Jahrhunderts wider. An diesen Lebensumständen hat sich bis heute wenig geändert. Wenngleich aufgrund der Verfassung von 1917 – der ersten demokratischen Verfassung Lateinamerikas – Bodenreformen einsetzten und eine gesetzliche Gleichstellung der Indios und Mischlinge mit den Weißen garantiert war, bleiben die indianischen Bevölkerungsgruppen doch eine benachteiligte und oftmals unterdrückte Minderheit. Erst jetzt, mehr als 80 Jahre nach Beginn der mexikanischen Revolution und mit Unterstützung aus weiten Teilen der nichtindianischen Bevölkerung sowie nach erneuten Kriegsdrohungen der Zapatisten, hat sich die mexikanische Regierung zu Verhandlungen über weitreichende Veränderungen der Agrarstruktur und die Erweiterung der Selbstverwaltungsrechte der Indios bereit erklärt. Ob und welche Änderungen sich daraus auch für die Chamulas ergeben werden, ist noch ungewiß.

Bis heute bewegen sich die Chamulas in zwei kulturellen und wirtschaftlichen Systemen und haben sich, so gut es geht, auf dieses Leben eingestellt.
Ihr ursprüngliches, aus präkolumbianischer Zeit überliefertes Wirtschaftssystem kannte keinen Geldverkehr. Sie bauten auf großen Feldern vor allem Mais – und was sie sonst noch brauchten – für den eigenen Bedarf an. Da das überlieferte Erbsystem aber zu einer Zerstückelung des Grundbesitzes führte, sind die Parzellen der Familien heute sehr klein. Dazu kommt, daß man den Indios illegal Land weggenommen hat. Um dem kargen Boden das Nötigste abzutrotzen, arbeiten Männer und Frauen gleichermaßen hart auf dem Feld. Trotzdem reicht die Ernte oft nicht aus, um die Familie zu ernähren. Kann ein Überschuß erwirtschaftet werden, verkaufen sie, was sie selbst nicht zum Leben benötigen, sowie Produkte, die sie selbst gefertigt haben, in San Cristóbal de Las Casas, wo sie im Gegenzug Kleider, Schnaps, Kerzen, Salz, Harz und einige andere Dinge für Geld erwerben können.
Auf den Kaffeeplantagen werden immer Tagelöhner für Akkordarbeit gesucht. Die Arbeiter bekommen dort den Geldbetrag, den sie benötigen, im voraus ausbezahlt und sind dann so lange an die Plantage gebunden, bis sie den Vorschuß abgearbeitet haben.

Allzuoft wurden und werden die Indios auf den Plantagen ausgebeutet und betrogen. Dennoch: für die Chamulas sind die Plantagen eine wichtige ergänzende Einnahmequelle. Denn will ein Chamula heiraten oder übernimmt er innerhalb des indianischen Gemeinwesens, das parallel zur nationalen Verwaltung existiert, ein offizielles Amt, braucht er Geld.

Die Chamula-Gesellschaft ist in einem großen Verwaltungsapparat hierarchisch organisiert, die öffentlichen Ämter werden von Bewohnern der drei Ortsteile, aus denen sich das Dorf zusammensetzt, ausgeübt. Dabei sind alle Posten, die nicht zur Aufrechterhaltung der sozialen und politischen Struktur dienen, ehrenamtlich. Wenn also ein Tzotzil-Indio ein solches Amt übernimmt, muß für diese Zeit die übrige Familie seine Landwirtschaft weiterführen, und er selbst muß sich Geldmittel beschaffen, um leben zu können. Und so verdingt er sich auf einer der Plantagen.

Unter den Chamulas herrscht ein sehr starkes Gemeinschaftsgefühl, das sie, zusammen mit ihrer Kleidung und ihrer Sprache, dem Tzotzil, nicht nur von allen Nichtindios, sondern auch von Indios aus anderen Dörfern abgrenzt. Innerhalb des Chamula-Volks gehören Familien, die den gleichen Namen tragen, zu einer Sippe. Die Angehörigen eines solchen Familienverbandes helfen sich, wann immer nötig, gegenseitig. Innerhalb jeder einzelnen Familie bestimmt aber allein der Vater, was geschieht. Daß ein Kind, wie es Juan Pérez Jolote geschehen ist, von seinem Vater schlecht behandelt wird, ist sicher nicht typisch für die Chamula-

Familie. Eine Ursache dafür ist möglicherweise in dem – allerdings bei den Chamulas sehr üblichen – starken Genuß von Alkohol zu suchen. Da es Brauch ist, alle politischen, religiösen und private Anlässe mit Branntwein zu begießen, sind die Männer oft betrunken, und für viele von ihnen ist dann der Schritt in die Abhängigkeit nur noch klein.
Genauso gewissenhaft, wie sie ihren politischen Pflichten nachkommen, erfüllen die Tzotzil-Indios die Aufgaben, die ihnen ihr Glaube vorschreibt. Sie verehren dabei gleichermaßen die Naturkräfte unter der Vorherrschaft der Sonne wie die Heiligen der katholischen Kirche, denen sie besondere Wirksamkeit in geschäftlichen Angelegenheiten zusprechen. Alle religiösen Feste werden daher unter Mitwirkung aller Familienmitglieder sorgfältig vorbereitet.

Durch die enge Verknüpfung von Politik, Religion und gesellschaftlichem Ansehen existiert bei den Chamulas ein dichtes Netz von Beziehungen, in dem sich jeder einzelne aufgehoben fühlen kann, wenn er bereit ist, sich in die Gesellschaft einzufügen und sich ihren Regeln unterzuordnen. Wenn man das bedenkt, kann man verstehen, was es für den kleinen Jungen Juan Pérez Jolote bedeutete, aus dieser Gemeinschaft auszubrechen, sich ohne jede Unterstützung in einem ganz anderen System zurechtzufinden und eine andere Sprache erlernen zu müssen. Gleichzeitig wird vorstellbar, wie schwer es für den Erwachsenen, ja den Fremden Juan Pérez Jolote, dem das eigene Volk mit Mißtrauen begegnet, gewesen sein mag, sich wieder in die alte, fast vergessene Welt einzuleben, sich ihren Gesetzen zu beugen und zu Ansehen zu gelangen.

Juan Pérez Jolote
Tzotzil

Im Bergland von Chiapas, im Süden Mexikos, leben die Chamula-Indios. An besonderen Festtagen kommen sie in ihrem Dorf San Juan de Chamula zusammen. Die Kirche, erleuchtet von Hunderten von Kerzen, ist mit frischen Pinienzweigen geschmückt. Vor den festlich angezogenen Heiligenfiguren knien die Indios und beten in halblautem Singsang zu ihren Schutzheiligen: heute noch so wie vor fast einhundert Jahren, als Juan Pérez Jolote geboren wurde.
Weil ihn sein Vater immer wieder schlägt, läuft Juan als Kind von zu Hause und aus seinem Dorf fort. So beginnt seine Wanderschaft, die ihn quer durchs Land führt. Kaum hat er irgendwo Aufnahme gefunden und Arbeit, für die er Essen und Unterkunft erhält, wird er gegen Schnaps oder Mais eingetauscht und muß mit dem neuen Herrn weiterziehen. Später verdingt er sich auf verschiedenen Plantagen als Lohnarbeiter. Mehr und mehr nimmt er die Gewohnheiten der Weißen an, kleidet sich wie sie und lernt ihre Sprache. Ein Mißverständnis bringt ihn ins Gefängnis. Da bricht die mexikanische Revolution aus, und die Regierung zieht alle Gefangenen zum Militär ein. Auch Juan wird Soldat. Nach der Revolution kehrt er schließlich in sein Heimatdorf zurück.
Die Integration in die festgefügte Dorfgemeinschaft fällt ihm nicht leicht. Seine Sprache - das Tzotzil - ist ihm so fremd geworden wie die Sitten und Bräuche seines Volkes. Die indianische Kleidung erscheint ihm häßlich. Doch nach und nach lebt er sich ein, heiratet nach altem Brauch und gewinnt Ansehen im Dorf. Er übernimmt mehrere hohe Ämter innerhalb der Gemeinschaft, beginnt zu trinken - alle

wichtigen Geschäfte und Feierlichkeiten der Indios werden mit Alkohol begossen -, und so ist auch für ihn der Schritt in die Abhängigkeit nur klein.

Ricardo Pozas (geb. 1912 in Querétaro) ist Lehrer und Anthropologe. Er engagierte sich besonders bei der Alphabetisierung einsprachiger Indiogemeinschaften in Mexiko. Das Lebensbuch von Juan Pérez Jolote, das er nach vielen Gesprächen mit ihm veröffentlicht hat, ist weit mehr als die übliche »Dokumentarliteratur«: Es beschreibt Kultur und Denkweise der Indios, macht deutlich, daß ihr Alltag vom Spannungsverhältnis zwischen Tradition und Anpassung geprägt wird und ist dabei ein spannender Roman über ein für uns ungewöhnliches und doch so normales Indioleben in Mexiko - heute.